AF186552

Dieses Buch ist ein ›bisschen *Punk*‹
Es hält sich an keine Regeln.
Und genau *das* ist seine Bestimmung.
Dennoch: Ähnlichkeiten zu real existierenden
Personen wären rein zufällig.

Die Leichen im Keller sind müde
Marcel Thebach

Bibliografische Information der Deutschen Nationalbibliothek: Die Deutsche Nationalbibliothek ver-
zeichnet diese Publikation in der Deutschen Natio-
nalbibliografie; detaillierte bibliografische Daten
sind im Internet über http://dnb.d-nb.de abrufbar.

Herstellung und Verlag: BoD - Books on Demand,
Norderstedt
ISBN: 978-3-7504-285-60
Internet: www.thebach.de
Komplett ohne Lektorat behandelt! – Enthält rein
natürliche Fehler.

Marcel Thebach

Die Leichen im Keller sind müde

2. Auflage

»Recht hat, wer sich selbst erkennt«

Vorwort

Mit diesem Buch liegt der abschließende Teil einer Trilogie vor, denen meine Publikationen »Rummelplatz mit Seifenblasen« (2008) und »Die Friseurin« (2009) vorangegangen sind. Natürlich sind auch die mehr als zehn dazwischen liegenden Jahre nicht ohne besondere Vorkommnisse verstrichen, jedoch brauchte es ein Ereignis von entsprechender Fallhöhe, um ein Werk zu schaffen, das einen würdigen Abschluss bilden kann. Im Laufe der nun dargebotenen Geschichte werde ich mich das ein oder andere Mal auf die zugehörigen Bücher beziehen müssen. Es ist jedoch nicht erforderlich, den Inhalt beider Werke zu kennen, um »Die Leichen im Keller sind müde« verstehen zu können.

Aus Rücksichtnahme auf die hier auftretenden Personen habe ich selbstverständlich alle Namen geändert. Auch die Stadt, in der die Handlung vornehmlich stattfindet, soll unerwähnt bleiben, weil ihr Name bedeutungslos ist und für den Verlauf keine Rolle spielt. Mit Ausnahme der Städte Mönchengladbach, Frankfurt a.M. und Viersen wird die Hauptbühne im Ungewissen verborgen bleiben. Es wird somit deutlich, dass es sich um eine wahre Begebenheit handelt, denn ich habe es für mich erfolgreich etablieren können, ein Leben zu führen, in dem ich mir keine Geschichten ausdenken muss. Das ist einerseits schön für mich und vermutlich wäre ich nie auf die Idee gekommen, Geschichten aufzuschreiben (von ein paar Kurzgeschichten einmal abgesehen), die ich hätte erfinden müssen.

Es bleibt mir an dieser Stelle offen, die Frage zu stellen, ob ich dem Leser »gute Unterhaltung« mit dieser Lektüre wünschen darf. Für mich persönlich kommt sie zur Niederschrift als eine Form der Selbstreflexion und der Verarbeitung, vielleicht sogar als die einzig wirksame Therapieform, die ich für mich entdeckt habe.

Dieses Buch wird sicherlich kein tausendseitiges Werk umfassen, weshalb ich mich für die Form einer Novelle entschieden habe. Denn die erzählte Zeit ist relativ kurz, dafür jedoch intensiv und sie stellt eindrücklich unter Beweis, wie ein altersmäßig erwachsener Mensch sein komplettes Leben mit einem Lidschlag auf null setzen kann, wenn sein »inneres Kind«, das nach Stabilität und Struktur schreit, keinen Frieden findet. Wie man es von mir gewohnt ist, werde ich sehr offen und ehrlich schreiben. Was mir hierbei jedoch mitnichten am Herzen liegt, ist es, handelnden Personen nachträglich Schmerz zuzufügen, geschweige denn Rache auszuüben. Auch wenn sich dieser Eindruck auferlegen könnte. In erster Linie möchte ich mich selbst blamieren und ich bin mir absolut sicher, dass dies gelingen wird.

In irgendeiner Stadt, am 22. November 2019,
Marcel Thebach

Wochenmarkt

Auf den völlig überfüllten Wochenmarkt ging ich immer samstags, um alleine zu sein. Klingt widersprüchlich, ist es auch. Widersprüchlich bin auch ich, widersprüchlich ist mein Lebenslauf, mein Lebenssinn, meine Existenz. Forschen Schrittes laufe ich meinem fünfzigsten Lebensjahr entgegen, wohlwissend, dass das Leben wohl so lange weitergehen wird, bis es zum Stillstand und dem verdienten Ende kommt. Das ist eine unbestreitbare Tatsache. Es ist mir gelungen, bis heute das kleine Kind zu bleiben, welches ich nie sein durfte. Hier auf dem Markt genieße ich es, mir all die Menschen anzusehen, deren Leben ich nicht führen muss. Ich lese Geschichten in ihren Gesichtern und oftmals erfüllt es mich mit Stolz, authentisch geblieben zu sein, obwohl genau dies in meinem Falle ein Garant für ausbleibenden Lebenserfolg darstellt. Ich scheiß drauf. Und deshalb trinke ich jetzt auch um elf Uhr am Vormittag einen trockenen Grauburgunder oder auch zwei oder drei. Obwohl ich soziophobisch veranlagt bin, komme ich hier mit einem betagten Ehepaar ins Gespräch. Der alte Mann lässt mich wissen, dass er jeden Samstag mit seiner Frau hierhin käme, um genau ein Glas Wein zu trinken.

»Toll!«, entgegne ich ihm und verbuche diesen kleinen Dialog bereits als Erfolg für mich, meinem

Aspergerautismus ein Schnippchen geschlagen zu haben.

»Ach ja...«, sagt seine Frau und seufzt dabei. Ihr Mann bestätigt ihre Aussage kurz darauf mit den gleichen Worten. Danach stieren sie bedeutungslos ins Nichts und ernten die Früchte gefühlter fünfundsiebzig Ehejahre, in denen Beziehungen noch repariert wurden und nicht gleich an den Nagel gehängt wurden. Ich werde das für mich nicht mehr hinbekommen und freunde mich innerlich bereits mit Einsamkeit und Altersarmut an. Schade, aber gut so. Der Wein macht mich benommen und verleiht mir traurige Heiterkeit. An dieser Stelle soll es jedoch zunächst genug des Selbstmitleids sein. Ab jetzt wird es lustig. Schließlich gilt es noch, Einkäufe zu tätigen. Und vermutlich gibt es keine bessere Möglichkeit, das Szenenbild zu wechseln, als einen Blick auf all das Obst und Gemüse am Stand gegenüber zu werfen. Denn wenn ich ganz ehrlich bin, muss ich zugeben, dass mir die charmante, äußerst attraktive Verkäuferin dort bereits aus der Distanz aufgefallen ist.

Unsere Blicke treffen sich zufällig und bleiben für den Bruchteil einer Sekunde beständig, während sich vor meinen Augen ein kleines Universum öffnet. Verunsichert durch die Situation, will es mir an diesem Tage nicht gelingen, an jenem Stand etwas einzukaufen. »Smalltalk« ist überhaupt nicht meine Disziplin. Ich entscheide mich stattdessen, den Teeladen aufzusuchen. Dort kennt man mich und dort fühle ich mich sicher. Möglicherweise ist es an dieser Stelle angebracht, etwas zu meiner aktuellen Situation loszuwerden, um ein wenig Licht ins Dunkel dieser ersten befremdlich erscheinenden Zeilen zu bringen:

Vor zwei Jahren hat es mich in die medizinische Rehabilitation verschlagen. Mit den Panikattacken, die aus heiterem Himmel Besitz über mich ergriffen, fing es ja schon etwa zehn Jahre vorher an. Zwar ist es in dieser Angelegenheit bereits etwas ruhiger geworden, jedoch ist die Panikstörung fester Bestandteil meiner fixen Diagnosen zu denen sich über die kommenden Jahre Depressionen mittlerer Ausprägung, Schlafstörungen, Schwindel, Doppelbilder-Sehen, Gangunsicherheiten und schlussendlich ein Dauertinnitus von beachtlichem Ausmaß gesellten. Alles in allem ein Symptomkomplex, dem Ärzte nur mit äußerst mangelnder Leidenschaft begegnen wollen. Ich bekam den Stempel des Psychosomatikers aufgesetzt, verbrachte eine gewisse Zeit in einer Fachklinik in Wuppertal, die mich als arbeitsunfähig entlassen hatte. Die Rentenversicherung hielt es daraufhin für indiziert, mich in die berufliche Rehabilitation zu verfrachten, die darauf abzielt, mich für das Arbeitsleben wieder tauglich zu machen. In meinem Alter noch eine

Umschulung durchzuboxen, das hatte sich als schwierig bis unmöglich erwiesen. Glücklicherweise hatte ich es bereits sehr früh innerhalb dieser einjährig dauernden Maßnahme geschafft, einen Dauerpraktikumsplatz von vier Monaten mit Option der Festeinstellung zum Ende hin für mich zu sichern, was für mich den enormen Vorteil bot, dass ich mich, während der nun stattfindenden Schulungseinheiten tagsüber weitestgehend zurückziehen konnte. Da ich als Informatiker, der sich die vergangenen zwanzig Jahre mit Systemintegration beschäftigt hatte, nun noch einmal als Programmieren neu durchstarten würde, durfte ich mich als Vorbereitung für mein Praktikum tagsüber mit meiner selbst mitgebrachten Fachliteratur zurückziehen und beschäftigen, um ab Januar nicht als völliger Vollpfosten bei meinem potentiellen neuen Arbeitgeber aufzuschlagen. Denn wenn ich mich nicht allzu dumm anstellen würde, dann hätte ich in beruflicher Hinsicht doch noch eine erfolgversprechende Zukunft vor mir. Zumindest würde es für ein kleines und solides Leben mit Dach über dem Kopf, einem gefüllten Kühlschrank, etwas kultureller Freizeitgestaltung und möglicherweise sogar einem kleinen Jahresurlaub in fernen Ländern genügen. Reich würde ich nicht mehr werden und protzige Autos benötigte ich ohnehin nicht. Die Panikattacke in einem kleinen Opel Corsa fühlt sich genau so beschissen an, wie die in einem SUV. Man könnte also fast sagen, dass ich mich in diesem Augenblick, da ich hier in dieser Stadt über den Wochenmarkt schlendere, recht stabil fühle. Das Gefühl der greifbaren Sicherheit benötige ich als Grundvoraussetzung dafür, mich Hals über Kopf in mögliches Unheil zu stürzen. Um dies ordentlich voranzutreiben, entschied ich mich auch erst kürzlich dazu, alle mir von meiner Neurologin und Psychiaterin verordneten Medikamente eigenmächtig abzusetzen. Davon bekam ich ohnedies nur äußerst unangenehme Herzrhythmusstörungen und die positiven Wirkungen der Präparate waren längst nicht mehr spürbar. Ich brauchte sie auch wirklich nicht mehr, dessen war ich mir sicher. Was ich aber ebenso wenig benötigte, das war etwas Ungeplantes, etwas Verwirrendes, etwas, das mich den Focus auf meine Aussichten verlieren lassen würde und hiermit meine ich sicherlich nicht den Defekt der Waschmaschine oder eine Nachzahlung der Stromrechnung in Höhe von einhundertzwanzig Euro, nein, hier musste schon ein ordentlicher Kracher her, der imstande war, mir den Boden unter den Füßen wegzuziehen.

Nichtsdestotrotz, auch ohne dass sich etwas Derartiges in diesem Augenblick auf dem Markt androhte, es gab schon noch eine größere Baustelle in meinem Leben, die sich aber weniger meiner beruflichen und wenn überhaupt nur entfernt meiner gesundheitlichen Situation zuordnen ließ: Dies war meine seit sieben Jahren bestehende Beziehung zu Fenja. Sie hatte damals wirklich Großes getan, als sie diese Stadt hier, die ihre Heimat ist, verließ und zu mir nach Frankfurt am Main zog, wo ich im Jahre 2011 gestrandet war. Hierüber zu berichten, das fällt mir schwer, da mein Schuldgefühl heute doch sehr überwiegt, eine Frau um wertvolle Jahre ihres Lebens beraubt zu haben, die sie sicherlich besser für sich hätte nutzen können. Ich bin nicht fehlerfrei und werde dies niemals sein. Aber als Entschuldigung ist diese Aussage zu wenig. Da muss ich an dieser Stelle doch schon etwas mehr die Hosen herunterlassen und auch einmal den Zeigefinger signifikant auf mich richten. Blicke ich an dieser Stelle zurück, so wäre es sicherlich vernünftig gewesen, diese Partnerschaft vor fünf Jahren bereits zu beenden. Jedoch wollte ich Fenja etwas zurückgeben, mit dem sie selbst bei mir in Vorkasse gegangen war. Dies war der gemeinsame Weg zurück aus Frankfurt genau in diese Stadt, auf deren Marktplatz ich mich samstags bewege. Wir lebten wie Bruder und Schwester zusammen und ich vermochte es nicht, ihr die körperliche Leidenschaft zuteilwerden zu lassen, die sie verdient gehabt hätte. Und so dümpelte diese Beziehung vor sich hin, Fenja in der Hoffnung, dass eines Tages noch einmal Bewegung hinein käme und ich selbst mit der Überforderung, dieser meinerseits zu Antrieb zu verhelfen. Stattdessen war ich im Internet erneut auf Katja gestoßen, einer längst vergangenen amourösen Affaire und pflegte mit ihr zum Zeitvertreib erotische Chatplaudereien. Wie sollte sie mir gefährlich werden können? Schließlich lebte sie 500 km weit entfernt in Thüringen. Da steht man ja nicht mal eben vor der Haustür. Zumal ich sagen muss, zu chatten war völlig in Ordnung, mit ihr zu sprechen – auch nur via Telefon – turnte mich dialektbedingt völlig ab. Und bereits zu diesem Zeitpunkt stand für mich bereits die Frage im Raum, wie ich diesen Kontakt wieder möglichst elegant und ohne Verluste zum Einschlafen bringen könnte. Denn Katja machte Avancen, mich zu ihr einzuladen und erwähnte nicht selten, dass ich auch gleich zu ihr nach Schmalkalden ziehen könnte. Dies stellte für mich jedoch eine absolut irreale Option dar. Mehr als einmal hatte ich in meiner Vergangenheit bereits unbedacht mit meinem Umfeld gebrochen und war in einem Anfall jugendlichen Leichtsinns zu neuen Ufern aufgebrochen und – was einer gewissen Logik nicht entbehrt – gescheitert. Ich versuchte zunächst meine Reaktionszeit per Whats-App zu strecken und auch die Anzahl meiner Nachrichten deutlich zu senken und diesen auch etwas weniger »Pfiff« zu verleihen. Dies gestaltete sich schwierig, da Katja stets tat, was ich ihr in Auftrag gegeben hatte, insbesondere in der Anfertigung von inszenierten Bildern. Doch wenn ich mit meinem Gewissen nachhaltig in Klausur gehe, muss ich feststellen: Moralisch korrekt war dies mitnichten. Ach ja, die Moral.

Ich kaufte 250 Gramm Schwarztee-Limette und 100 Gramm Gunpowder »Temple of Heaven« bevor ich mich zu entschied, noch einmal auf der Terrasse des Brauhauses Einkehr zu halten. Dort gab es einen gewohnheitsmäßig ausgehandelten Deal. Der Kellner, mich stets mit »Moin Jung« begrüßend, lieferte mir ohne Worte nacheinander drei halbe Liter Bier und fragte erst, nachdem diese meine Kehle passiert hatten, danach, ob heute ein guter oder schlechter Tag wäre. Im unmöglichen Falle eines »schlechten Tages« servierte er nach, bis ich »Stop« sagte.

Heute jedoch war ein guter Tag und ich entschied mich dazu, für den Heimweg einen kleinen Umweg in Kauf zu nehmen und nicht den Bus direkt vor dem Brauhaus zuwählen. Ich entschied mich für die Straßenbahn, die ich nur erreichen konnte, wenn ich noch einmal den Gemüsestand passieren würde. Vielleicht war es ganz gut so, dass das kleine »Nachtschattenmädchen« dort während meines Transits mit dem Rücken zu mir gekehrt dort stand. Ich bin mir sicher, dass ihr mein unsicherer Gang unangenehm aufgefallen wäre. Und was hätte ich auch tun sollen? »Hey, dreh dich mal rum« zu rufen? Dann wäre die Geschichte hier vielleicht bereits zu Ende gewesen. Ich beschloss, den Heimweg anzutreten. Der Tag war schon sehr reich an Eindrücken und eines war gewiss: Am kommenden Samstag wäre ich hier und würde Gemüse kaufen. Das ist schließlich gesund.

Scharfe Chilischoten

Vor wenigen Wochen behandelten wir in einer Unterrichtseinheit mit unserer Bezugspsychologin der Rehabilitationsmaßnahme das Thema »Kontaktaufnahme«. Weiß der Geier, weshalb dieser Bereich in meiner Situation von Relevanz sein sollte. Da ich aber gerne – zumindest theoretisch- dazulerne, nahm ich mich des Themas pflichtbewusst an. Es hieß, dass die ersten vier Sekunden bei der Begegnung zweier Menschen über Sympathie und Antipathie entscheiden. Für uns Reha-Billies sollte hier aber wohl nicht nur das Wissen darüber vermittelt werden, wie wir einen Menschen, mit dem wir gerne in Kontakt träten, ansprechen, sondern auch darum, wie wir Kontaktaufnahmen anderer, die uns als unangenehm erscheinen, angemessen abwehren.

Zu dieser Zeit musste ich allmorgendlich und allabendlich noch einen längeren Fahrtweg mit den öffentlichen Verkehrsmitteln in Anspruch nehmen, was mir einer Folter gleichkam. Die Fahrpläne der Deutschen Bahn sind eher als Serviervorschläge zu begreifen und wenn die Bahn denn kam, so war sie berstend voll und präsentierte mir übelsten Menschengeruch, der sich charakterisierte durch sauer Aufgestoßenes aus minderwertigen Industriefrikadellen, ranzigem Hautfett in schuppigem dünnem Haupthaar, kaltem Rauch von billigem Blähtabak und ammoniakgeschwängertem Restharn in modrigen Textilien. Dazwischen eine Prise Kreuzkümmel. Ich benötigte deutlich weniger als vier Sekunden, um für mich herauszuarbeiten, dass die Antipathie hier deutlich auf dem Vormarsch war.

Für gewöhnlich hatte ich zu diesem Zeitpunkt bereits eine erste Nachricht von Katja erhalten, in der ich über die aktuellen Wetterverhältnisse in Schmalkalden informiert und in inflationärer Weise mit Küsschen und Herzchen zugeschüttet wurde. Auf diese Geste bestand sie bei jeder Nachricht und wenn ich nicht auf gleiche Weise zurück antwortete, dann war ihre Welt erschüttert. So anstrengend die Kommunikation mit ihr oft auf mich wirkte, während ich in der Bahn saß, war es mir eine willkommene Abwechslung.

Wann ich sie denn besuchen käme, dieses Thema lag ihr am Herzen. Dass ich darüber nachdenken würde und ihr einmal einen Vorschlag unterbreiten würde, war stets meine Antwort, mit der ich sie zumindest temporär ruhig stellen konnte. Da ich wusste, dass Fenja in absehbarer Zeit zur Rehabilitation nach

Borkum reisen würde, stellte ich die Möglichkeit eines Besuchs in Aussicht, natürlich ohne den Grund für meine freiwerdende Zeit zu erwähnen. Was sie wurmte und innerlich beschäftigte, war die Tatsache, dass ich meinen Beziehungsstatus auf Facebook verborgen hatte, Katja jedoch längst herausgefunden hatte, dass eine gewisse Fenja, die auf meiner Freundesliste stand und regelmäßig meine Beiträge mit Herzchen quittierte, öffentlich mit mir in einer Beziehung war. Auf der anderen Seite wurde ich - sicherlich zurecht- von Fenja des Öfteren darauf angesprochen, weshalb ich meinen Beziehungsstatus mit ihr nicht öffentlich preisgeben würde. Mir fehlte es an Mut und Ehrlichkeit, das Eingeständnis der Erkenntnis der gescheiterten Beziehung preiszugeben, denn eine Trennung, das wusste ich, zieht Unannehmlichkeiten, Stress und jede Menge Ärger nach sich. Es war ein rein egoistisches Motiv, diese leidenschaftsbefreite Beziehung nicht zu beenden, weil die daraus folgenden Konsequenzen mich mit Blick auf den Wiedereinstieg in mein Berufsleben aus der Bahn werfen würden. Mit Fairness und Aufrichtigkeit hatte dieses Verhalten von mir nichts gemein. Dessen war ich mir bewusst, es nagte an mir und raubte mir Energie, da mir völlig klar war, dass wenn ich diese Baustelle schon nicht imstande war zu bearbeiten, sie zumindest doch baldigst einmal schließen müsste.

Am Zielort angekommen und im Unterrichtsraum Platz genommen, lauschte ich unserer Psychologin, die uns an diesem Tage über die Macht und Wirkung kleinerer Komplimente im Alltagsleben in Kenntnis setzte.

»Wenn sie im völlig überfüllten Supermarkt an der Kasse stehen und sehen, dass die Kassiererin sichtlich überfordert ist, dann erheitern sie doch einmal ihren Alltag, in dem Sie ihr eine kleine Freundlichkeit, ein Kompliment mitteilen. Sie werden auf wundersame Weise feststellen, dass sie mit einem Lächeln belohnt werden. Ein Lächeln, das auch Sie dann mit in den Tag nehmen und das Sie aufhellen wird. Es sind diese Kleinigkeiten, die uns bereichern. Fangen Sie klein an, bevor Sie das Glück im Großen suchen.«

Es ist selbstredend, dass mir dieser Auftrag ein Befehl sein sollte und ich wusste augenblicklich, wer für dieses Experiment mein erstes Opfer werden würde. Die Fleischfachverkäuferin mit den schönen blauen Augen beim Metzger meines Vertrauens. Und zwar am Samstag, wenn ich vom Markt zurückkäme und der Laden vor Schlange stehenden Kunden aus allen Nähten platzte.

Nachdem ich am darauf folgenden Wochenende meinen kleinen Frühschoppen auf dem Markt beendet hatte, gelüstete es mir jedoch zunächst nach Obst und Gemüse, ganz wie es von mir vorgesehen war und zu meiner Freude bediente heute auch wieder das »Nachtschattenmädchen«. Ich versuchte mich, so in die Warteschlange am Stand einzusortieren, dass sie sich meiner als Kunde annehmen würde. Sowie ich bemerkte, dass meine Rechnung nicht aufging, ließ ich andere Kunden freundlich vor, um meine Möglichkeiten, mit ihr ins Gespräch zu kommen, zu optimieren. Es sollte gelingen.

»Hallo«, begrüßte sie mich mit äußerst sympathischer Stimme, engelsgleichem Blick und nie gesehener Schönheit.

»Hallo«, bröckelte es auch unsicher ertappt aus meinem Mund, während ich wahllos irgendein Gemüse aus der Auslage nahm und es ihr überreichte.

»Du trägst ja ein ›Joy Division-T-Shirt‹, oder?«

»Ja«, antwortete ich, völlig gelähmt, ob dieser plötzlich stattfindenden Kommunikation.»Das ist ja auch eine ganz tolle Musik«, gab sie zu verstehen.

»Ja«, entgegnete ich. Ich hätte es vermutlich sogar schaffen können, bei der Aussprache dieses kleinen Wörtchens ins Stottern zu geraten.

Stattdessen studierte ich ihre Gesichtszüge und suchte den Augenkontakt. Während sie das Gemüse eintütete, machte ich eine befremdliche Beobachtung: Ihr auf mich so wunderschön wirkendes Gesicht will für wenige Sekunden eine Metamorphose durchleben. Fast schon ins Gelbliche wechselt ihre Hautfarbe. Ihre Augenhöhlen vertiefen sich. Der Blick wird starr. Sie atmet tief ein und aus, wie ich zu erkennen vermag. Ich lese in ihrem Antlitz eine Geschichte unsäglichen Leids. Wer unter dem Einfluss von LSD einmal intensiv sein eigenes Spiegelbild betrachtet hat, wird mit diesem Effekt bestens vertraut sein. Nur wenige Augenblicke später ist sie jedoch wieder ganz das schöne »Nachtschattenmädchen«, von dem eine nicht zu bändigende Faszination auf mich ausstrahlt.

»Möchtest Du denn sonst noch etwas?«
Ich greife mit meiner Hand tollpatschig in die Chilischoten und überreiche sie ihr.

»Oh ja«, sagt sie, »das ist was richtig Gutes, oder?«

»Ja, geht immer«, bilde ich meinen ersten komplexeren Satz ihr gegenüber.
Während des Bezahlvorgangs fuchtel ich unsicher ein paar Münzen aus meiner Geldbörse, stets von dem Gedanken begleitet, dass mir mein gesamtes

Bargeld gleich hinausfallen würde und mir beim Aufheben dessen die Hose aufreißen würde.

»Tschüss«, sagt sie mit einem bezaubernden Lächeln.

»Bis bald«, entgegne ich ihr bereits mit aufkeimendem Mut.

Während ich mich umdrehe und mich von ihr entferne, hoffe ich sehr, dass sie mir nicht hinterher sieht, und meinen nun unsicheren und auch stocksteifen Gang zur Kenntnis nimmt. Das würde sicherlich einen bleibenden Eindruck von mir hinterlassen, der nicht mehr umzuwandeln ist.

Wie zu erwarten war, ist die Metzgerei brechend voll und ohne irgendwelche Strategien anwenden zu wollen und zu müssen, werde ich von meinem geplanten Komplimentsopfer bedient, spüre jedoch in mir keinerlei Ambitionen mehr, ihr irgendetwas Nettes sagen zu wollen. Und doch ist es so, dass mich auf dem nun folgenden Heimweg Gedanken plagten, meine Aufgabe nicht erfüllt zu haben. Auf halber Strecke kehre ich deshalb noch einmal zurück, betrete erneut die Metzgerei, bahne mir meinen Weg vorbei an den wartenden Kunden, stelle mich ihr gegenüber, blicke sie an und sage:

»Hey, ach noch was! Sie haben echt schöne Augen!«

Sie wendet erschrocken ihren Blick von mir ab, zögert einen Moment, starrt mich erneut an und zischt ein eiskaltes, fast wütend wirkendes »Dankeschön« hervor, bevor sie sich voller Missachtung von mir abwendet und ihren Kunden weiter bedient.

Ich habe diese Metzgerei bis zum heutigen Tage nie wieder betreten und kaufe Fleischwaren nun wieder verpackt beim Discounter.

Diese Situation verstärkte aber schließlich auch nur mein Verlangen nach Obst und Gemüse, weshalb ich die hier folgenden und ereignislosen Werktage überspringe und mich direkt wieder allsamstäglich auf dem Markt befinde, wo das »Nachtschattenmädchen« mich freudig strahlend wiedererkennt, und kaum, dass ich ihr die erste Zucchini überreiche spontan mit einer Frage aufwartet.

»Wie heißt du eigentlich?«

Hatte sie das wirklich gefragt? Wollte hier ein realer Mensch jenseits digitaler Kommunikation meinen Namen in Erfahrung bringen?

»Marcel. Und du?« Pragmatischer konnte ich nicht antworten.

»Betty«

»Wie schön! Und Du bist immer samstags hier?«

»Normalerweise ja. Aber nun haben wir erst einmal zwei Wochen Urlaub.«

»Dann sehen wir uns wirklich erst in zwei Wochen wieder? Wo soll ich denn dann mein Gemüse kaufen?«

Woher kam plötzlich dieser Redefluss meinerseits? Ich fühlte, wie jemand hinter mir mit dem Finger auf meine Schulter tippte und als ich mich erschrocken umdrehte, sah ich einen Luftballon den Himmel hinaufsteigen.

»Wieso, wir haben doch schon am Donnerstag wieder geöffnet«, mischte sich Bettys Kollegin in das Gespräch ein, welches sie ohnehin bereits neugierig mitverfolgt hatte.

»Ich kann aber nur samstags«, antwortete ich.

»Dann brauchst Du etwas Geduld«, antwortete Betty und ich war mir sicher, dass sie meine Ambitionen längst durchschaut hatte. Und während sie herzlich lachte, glaubte ich zwischen unseren Blicken erstmals einen Funkenflug wahrzunehmen, der aus beiden Richtungen kam. Mit dem Wissen, nun ihren Namen zu kennen, mit der Fähigkeit, mir den Klang ihrer Stimme in Erinnerung rufen zu können und mit dem gespeicherten Bild unserer sich berührenden Blicke und den übertragenen Energien, hatte ich nun wohl zwei quälend lange Wochen zu überbrücken.

Die nun freigewordene Zeit nutzte ich vornehmlich damit, mich mit völlig verfrühten Fragestellungen zu befassen.

Konnte so eine »Gemüsefrau« mit ihrer Arbeit eigentlich ausreichend Geld verdienen, um damit alleine ihren Lebensunterhalt zu bestreiten? Das Einkommen würde doch in dieser Stadt vielleicht gerade einmal für ein kleines Einzimmerappartement ausreichen.

Danach sah sie jedoch nicht aus. Da müsste doch wenigstens noch ein Ehemann oder zumindest ein Partner vorhanden sein.

Oder war sie gar Inhaberin des Marktstands?

Und, sollte es tatsächlich etwas geben, wie Liebe auf den ersten Blick?

Was wäre, wenn ich Betty in zwei Wochen einfach einmal fragen würde, ob wir gemeinsam etwas unternehmen?

Wie würde ich das tun? Ich könnte sie bitten, mit mir rüber zu den Erdbeeren zu gehen, um sie aus dem Zentrum des Standes herauszuziehen und während ich sie vorsichtig fragte zwischendurch des Öfteren mal laut »Mensch, was sind das tolle

Beeren« zu rufen, damit ihre Kollegen keinen Verdacht schöpfen würden.

Mit wesentlichen Gedanken beschäftigte ich mich hingegen nicht.

Wie kam ich aus der Nummer mit Katja heraus?

Wie sollte ich denn einmal so allmählich meine eigene häusliche Situation entschärfen?

Nein, es war viel schöner, den dritten Schritt vor dem ersten zu gehen und mich mit den süßen und romantischen Vorstellungen einer großen in Aussicht stehenden neuen Liebe zu befassen und Luftschlösser zu bauen. Die Leichen im Keller hatten schließlich Zeit und würden warten.

Heute frage ich sie

In der Zwischenzeit erhielt Fenja den genauen Zeitraum für ihre Rehabilitation und somit war klar, dass ich im September drei Wochen für mich alleine zur Verfügung hatte. Diese Zeit könnte ich dann nutzen, um vielleicht einmal wieder in Ruhe etwas Musik in meinem kleinen Heimstudio zu machen, ohne dabei das Gefühl zu haben, jemanden mit stundenlangen Dauer-Loops zu nerven, oder ich hätte meine Arbeit am bereits fortgeschrittenen Buch »Suffixum Clara«, was als thematischer Nachfolger zu meinem Buch »Postfactum« angedacht war, vorantreiben zu können. Als dritte Möglichkeit bestand darüber hinaus auch noch die Option, einfach einmal drei Wochen lang so richtig Scheiße zu bauen. Das erschien mir am sinnvollsten und passte auch am besten zu meinem Typ. Und selbstverständlich reichte ich für diesen Zeitraum bei meinem Maßnahmenträger ein paar Urlaubstage ein. Dann könnte ich schließlich auch werktags zum Markt. Aber bis dahin vergingen noch einige Tage. Und um einem möglichst großen bevorstehenden Chaos eine solide Grundlage zu bereiten, berichtete ich Katja natürlich umgehend von meinen freien Tagen. Warum ich das tat? - Ich weiß es nicht. Kurzer Kontrollverlust. Möglichst auf leichte Weise das Leben um Stressfaktoren erweitern. Natürlich biss sie sich daran fest. Mir war bewusst, dass sie mit dem Herzen bei der Sache war. Viel mehr, als mir lieb und recht war. Und genau hierin lag meine Lähmung: Ich wollte nicht verletzen und wusste doch gleichzeitig, dass ich mit allem was ich tat, sei es Katja oder auch Fenja gegenüber, den möglichen Schmerz nur erhöhte. Ich betrog nicht nur diese beiden Menschen, sondern auch mich selbst. Der Tag, an dem ich die Wahrheit ans Tageslicht bringen müsste, es war doch völlig einleuchtend, dass dieser bald ins Haus stünde. Aber um natürlich Zeit zu schinden und diese Situation zu vertagen, sagte ich Katja selbstverständlich zu und versprach ihr, mich rechtzeitig um die Reisemodalitäten zu kümmern. Ja, sicherlich, sie freute sich. Und ich hatte keinen Bock. Ich dachte bereits vor Reiseantritt an meine Rückreise und das glückliche Gefühl, den Aufenthalt in Schmalkalden überstanden zu haben. Nun gut, bis dahin sollten noch eine Handvoll Wochen ins Land streichen. Ich konnte mich später ärgern. Schließlich hatte ich ja auch gerade sehr viel zum Thema »Achtsamkeit« gelernt. Es ist demnach sehr wichtig, den eigenen Fokus auf das »Hier« und »Jetzt« zu richten. Ohne, dass es dabei eine Vergangenheit oder eine Zukunft gäbe. Im Grunde genommen war das doch genau mein Ding. Dass ich da nicht von selbst drauf gekommen bin. Stellte es doch eine wunderbare Methode dar, mir mein feiges und rücksichtsloses Verhalten selbst schönzureden. Ich kann mich über meinen Dauertinnitus beklagen, sollte dabei aber nicht vergessen, einmal auf Ursachenforschung zu gehen. Ständiger Pfeifton links. Schizophrenie auf Sendersuche. Los, Achtsamkeit. Hier und Jetzt. Nichts wie auf den Marktplatz mit Dir. Das »Jetzt« findet dort statt. Logisch, oder?

Bereits von weitem sah ich, dass Betty da ist. Mir war schwindelig. Ich ging auf wackeligen Beinen. Ich zitterte. Verdammt nochmal, ich hatte ein flaues Gefühl im Magen, denn ich wusste ganz genau, dass ich sie heute auf ein Date ansprechen würde.

»Na du, da bist du ja wieder«, begrüßte sie mich freudestrahlend.

»Wie war dein Urlaub«, wollte ich wissen?

»Nicht so toll«, entgegnete sie.

»Oh, kann ich einen Brokkoli haben?« Mehr Empathie ging wohl gerade nicht. Sie eilte zum aufgestapelten Grünzeug, griff zu einem Strunk, den sie mir aus etwas Entfernung entgegenhielt und rief:

»Ist der Blumenkohl recht?«

»Brokkoli, du Süße, Brokkoli«, wollte ich rufen, tat es aber nicht. Stattdessen sagte ich »Ja.«

»Brokkoli, Betty, Brokkoli«, sagte stattdessen ihre Kollegin. Auf den kleinen Fauxpas aufmerksam gemacht entgegnete Betty:

»Ach ja. Ich wär heute auch besser zu Hause geblieben!«

»Das finde ich nicht« erwiderte ich und fand meinen Kommentar ausgesprochen gut.

Betty lachte. Sie ist an diesem Tag komplett in schwarz gekleidet und ich nehme erstmals ihre aufwendigen Tätowierungen bewusst zur Kenntnis. Triggeralarm! Ich merke, dass mein Mut mich verlässt, sofern er jemals vorhanden war. Ich schaffe es einfach nicht, sie anzusprechen und zu fragen, wie ich es mir vorgenommen hatte. Zu groß ist meine Angst vor einem möglichen »Nein« oder einer Absage gemäß »Ein bisschen Flirten hier am Stand ist ok, Marcel. Aber mehr geht nicht.«

Denn somit wäre zukünftig (Hallo, im Jetzt bleiben bitte!) auch diese Option vom Tisch und der ganze Rausch dahin. Ich verabschiede mich stattdessen adäquat, verlasse den Markt, jedoch nicht ohne mich innerlich als »riesengroßen Trottel« zu bezeichnen, der ich bestimmt auch bin, aber nun eben auch auf anderer Ebene. Ein bisschen mehr Selbstbewusstsein stünde mir gut. Frauen wie Betty, davon war ich überzeugt, die brauchen keine Weicheier, keine Feiglinge, keine Idioten. Die brauchen einen starken Mann, einer der für sie da ist und Halt bieten kann. Und als ob ich der Einzige wäre, der versuchen würde, ihr hier auf dem Markt den Hof zu machen. Wenn ich nur im Ansatz einen Schritt weiterkommen wollte, dann wäre es bald einmal an der Zeit in Aktion zu treten. Die Konkurrenz schläft nicht.

Aber auch die folgenden Male gelang es mir nicht, über den eigenen Schatten zu springen, zumal mich zunehmend die Frage beschäftigte, was denn nun bei einem möglichen »Ja« geschehen würde. Wir könnten dann heimlich irgendwo vielleicht etwas trinken gehen und ich dürfte mich dabei nicht erwischen lassen. Denn das diese Stadt im Grunde genommen ein Dorf ist, in dem man kaum etwas verbergen kann, dafür werde ich später noch den Beweis erbringen.

Um meiner jetzigen Lage jedoch ein wenig die Brisanz zu nehmen, entschied ich mich dazu, Fenja zumindest davon zu berichten, dass ich eine nette Bekanntschaft auf dem Markt geschlossen hätte.

»Och, das ist doch schön. Dann lass uns doch mal gemeinsam zum Markt gehen. Ich würde sie auch gerne kennenlernen, wenn sie so nett ist«, sagte Fenja darauf. Das war ja klar.

»Das fänd ich jetzt nicht so gut. Ich möchte auch mal Leute für mich kennenlernen. Du bist schließlich hier in deiner Heimatstadt und hast auch deinen eigenen Kreis, mit dem du, wie ich finde, übrigens viel zu wenig unternimmst«, versuchte ich mich herauszureden.

»Ja, aber ist es denn nicht auch ein wenig merkwürdig, dass ich ausgerechnet einen neuen Kontakt, der weiblich ist und zudem völlig deinem Beuteschema entspricht, plötzlich nicht kennenlernen darf? Alle deine anderen Freunde durfte ich ja auch kennenlernen.«

»Ja, natürlich, aber mit dem Ergebnis, dass ich sie nun auch nicht mehr alleine besuchen darf, weil du ständig mitkommen willst. Und dann schließt du direkt mit denen ›beste Freundschaft‹ und versuchst sie an deine Seite zu ziehen.«

»Wann habe ich das gemacht?«

»Na zum Beispiel als wir zum 900-Jahre Jubiläum in Breyell gewesen sind und ich dir meine erste Freundin Martina aus Jugendtagen vorgestellt habe. Als ich vom Bier holen zurückkam und zu euch wollte, da wurde ich dann abgeschmettert mit den Worten ›Nein, Marcel, das ist jetzt gerade mal ein

Frauengespräch‹ und du hattest vermutlich nichts Besseres vor, als sie über meine verkorkste Kindheit auszufragen.«

Natürlich roch Fenja direkt Lunte, was Betty betraf.

»Der Markt gehört mir und da gehe ich alleine hin. Das ist meine persönliche Auszeit und die benötige ich auch, wenn wir schon gemeinsam immer hier in der Bude hocken und du ja gerade auch ständig zuhause bist. Ich brauche auch meine Zeit für mich.«

»Die wirst du ja nun sicherlich bald haben, wenn ich drei Wochen weg bin.«

»Das wird auch bitternötig sein.«

Meine Ehrlichkeit hielt sich natürlich in Grenzen. Bevor ich jedoch Garnichts unternahm, zog ich es vor, Fenja schonend und in Raten auf Veränderungen in mir vorzubereiten. Bewusst war mir, dass wenn etwas Emotionales in mir, wie das was gerade geschah, vorging, dann waren unsere Tage gezählt und es bestand Handlungsbedarf.

Im Rahmen dessen beschloss ich gleichzeitig, Katja zumindest schon einmal von meiner Facebook-Freundesliste zu entfernen und sie zu sperren, mit der lapidaren Begründung, dass mir ihr Gestalke bezüglich meines Beziehungsstatus auf den Geist ginge. Darüber hinaus reduzierte ich meinen Schriftverkehr über WhatsApp auf ein Minimum. Das sollte mir erst einmal zu etwas Ruhe verhelfen, um die nächsten planbaren Schritte in die Wege zu leiten. Weit gefehlt.

Zechpreller

Fenja war abgereist und in weiter Ferne. Rein theoretisch wäre ich zwei Tage später nach Schmalkalden aufgebrochen, wenn nicht meine Maßnahmen Wirkung gezeigt hätten.

»Du kannst mir doch nicht sagen, dass du keinen Dreck am Stecken hast! Das hat doch ganz andere Gründe, dass du mich aus deiner Liste gelöscht und gesperrt hast«, schrieb sie mir erbost, was ich daran erkannte, dass der Nachricht weder Herzchen noch Küsschen hinzugefügt waren.

»Mach es nun komplett und anständig«, flüsterte mir Vladimir, der weise Clown ins Ohr. »Das ist eine Chance! Du **hast** *Dreck am Stecken, und zwar ganz gewaltig!«*

Ich atmete zweimal tief ein und aus, griff zum Telefon und rief Katja an. Was ich nun zu sagen hätte, das würde ich nicht einfach per Nachricht tippen wollen.

»Jo Hallö, wos üssen do lös?«

»Tut mir leid, Katja, das geht nicht. Ich kann nicht kommen und ich will auch nicht. Es war von mir aus – so leid es mir tut- ein Zeitvertreib, mit dir zu schreiben. Hätte ich gewusst, in welche Richtung sich das bei dir entwickelt, ich hätte es sein gelassen.

Es war niemals mein Ziel, nach Schmalkalden zu ziehen und alles wieder einmal hinter mir zu lassen.

Ich bin davon ausgegangen, dass es Dir alleine schon aufgrund der Entfernung und auch meiner beruflichen Situation bewusst gewesen wäre, dass dies nicht passieren kann. Ausserdem glaube ich, dass meine Rezeptoren gerade ganz anders belegt sind.«

»No donn, iss ja olls klor. Ols hött üschs nisch ümmer schon geohnt. Brauchst düsch och nümmer meldön.«

Zack! Zwar unangenehm, aber endlich einmal konsequent. Ich hatte ihr niemals bekundet, dass es Liebe sei, oder Liebe werden könnte. Und doch tat es mir weh, aber es machte sich auch Erleichterung breit, mit diesem Thema abgeschlossen zu haben. Ich beschloss, dieses Ereignis mit ein paar Gläsern Bier besiegeln zu gehen, und meine partielle neue Leichtigkeit etwas abzufeiern. Ich war allein zuhause, hatte bereits ab morgen Urlaub – was gab es besseres zu tun?

Am Tag darauf erwachte ich in einem zu erwartenden Zustand, der mir befahl, das Haus heute nicht zu verlassen. Es war jetzt die Zeit gekommen, diese Wohnung zu einem Jungesellenhaushalt verkommen zu lassen, mit allem, was dazugehört.

Morgen, am Freitag, den 13. September wäre eine gute Gelegenheit, einmal völlig unerwartet und überraschend auf dem Markt aufzuschlagen und bereits um neun Uhr in der Frühe, hatte ich dermaßen Hummeln im Arsch, sodass es mich alsbald auf meine Mission lockte.

»Aber es ist doch gar nicht Samstag«, begrüßte mich Betty mit dem ersehnten Lächeln.

»Der kann nämlich sonst nur samstags kommen«, flüsterte sie ihrem Kollegen zu, während sie ihm zärtlich den Rücken kraulte.

Das musste ihr Mann gewesen sein. Jetzt war es raus. Unbestreitbar. Ich brauchte mich überhaupt nicht mehr zu bemühen. Eine Starre ergriff mich. Ich war nicht imstande, irgendetwas Ordentliches zu sagen außer:

»Heute ist Freitag der dreizehnte!«

»Na, wir gehen doch vom Besten aus. Da wird schon nichts geschehen«, zwinkerte Betty mir zu.

Als wär das nichts, dachte ich mir und griff wahllos zu irgendeinem Gemüse, um den Eindruck vor dem Herrn zu erwecken, dass ich ausschließlich als Kunde hierher gekommen wäre. Ich nahm meine Ware entgegen und verabschiedete mich. Meine Umwelt nahm ich verschwommen, fast mit Tunnelblick wahr, und doch fiel mir auf halber Strecke zur

Straßenbahn noch auf, dass ich gegangen war, ohne zu bezahlen. Ich musste noch einmal umkehren, denn als Zechpreller wollte ich dort nicht angesehen werden. Man empfing mich dort bereits lachend.

»Da ist ja der Fahnenflüchtling«, sagte Bettys mutmaßlicher Mann und grinste.

»Ich hab ihm schon gesagt, dass Du ganz bestimmt wiederkommen würdest. Spätestens ja morgen, am Samstag«, schmunzelte Betty.

»Ja, morgen, Samstag. Ganz sicher«, stammelte ich, beglich meine Schulden und machte mich auf den Heimweg. Daheim angekommen, beschloss ich, mich von meinem Schock zu erholen, den Tag auf der Couch liegend zu verbringen und mich sinnlos hintergründig vom TV-Programm berieseln zu lassen. Doch es sollte keine Ruhe einkehren. Gegen etwa 14:30 Uhr erreichte mich eine Nachricht von Fenja.

»Deine Freundin hat mich angeschrieben!«
Obwohl ich intuitiv begriff, was wohl vorgefallen sein musste, fragte ich sicherheitshalber:

»Welche Freundin?«

»Katja!«

»Das ist nicht mehr meine Freundin, weder bei Facebook, noch sonst wo.«

»Dass sie sich nicht mehr in deiner Freundesliste befindet, ist mir bereits aufgefallen.«

»Was schreibt sie«, wollte ich wissen und hoffte, dass es nicht das war, was ich insgeheim befürchtete.

Fenja kopierte mir ihre Nachricht in den Messenger:

»Ich würde die Krähenfüße nicht so präsentieren. Kein Wunder, wenn Dein ›WG-Mitbewohner‹ Marcel sich mit anderen Frauen trifft. Aber kannst beruhigt sein, habe das nächste Date abgesagt.«

Ich gestehe, hier gab es akuten Klärungsbedarf.

»Das stimmt so ja nicht ganz. Abgesagt habe *ich* das Treffen«, antwortete ich, wohlwissend, dass ich allein damit noch nicht aus der Affaire wäre.

»Ihr hattet aber SMS-Kontakt!«

Das war ein Formfehler.

»Nein, SMS-Kontakt hatten wir nicht.«

»Aber gechattet.«

Das kam schon eher hin.

Fenja schickte mir Bildschirmfotos meines Chats mit Katja, die sie ihr hatte zukommen lassen. Herrje, ziemlich viele Herzchen und Küsschen und auch meine Terminbestätigung für die zuvor geplante Reise war deutlich zu lesen. Im eigenen Interesse hatte Katja jedoch darauf verzichtet, Chatauszüge zuzusenden, die ihre frivolen Bildchen preisgaben.

»Wenn Du die Reise abgesagt hast, dann beweise es mir und schicke mir die entsprechende Nachricht«, forderte Fenja.

»Das ist mir leider nicht möglich, weil meine Absage telefonisch erfolgt ist. Eine Aufzeichnung des Gesprächs gibt es nicht.«

Dies entsprach schließlich der Wahrheit.

»Meinst Du nicht, dass es an der Zeit wäre, dass wir nun einmal miteinander telefonieren?«

Wie Recht sie doch mit dieser Frage hatte. Sie schickte mir die Durchwahl ihres Zimmerapparates und ich stellte mich innerlich auf ein hartes Gespräch ein. So schlimm, wie ich befürchtet hatte, verlief es dann jedoch nicht. Ich hatte vielmehr die Aufgabe, beruhigend auf sie einzuwirken. Aggressiv, lautstark -und mit Verlaub, sie hätte das Recht gehabt, dies sein zu dürfen- war sie nicht. Es ärgerte mich gar nicht so sehr, dass dieses virtuelle Techtelmechtel aufgeflogen war. Damit musste ich immer rechnen. Vielmehr traf mich die Tatsache, dass Fenja die Möglichkeit abhandengekommen war, ihre wohlverdiente Rehabilitation am Meer in Ruhe zu genießen, und sie sich nun mit diesem von mir initiierten Unsinn beschäftigen musste. Ich war doch plötzlich sehr um Schadensbegrenzung in ihrem Sinne bemüht. Natürlich machte mich das nicht automatisch zu einem feinen Kerl. Aber auch wenn man die vergangenen sechs Jahre wie Bruder und Schwester miteinander gelebt hatte, existiert dort ein emotionales Band, das miteinander verbindet. Sonst hätten wir es schließlich auch ohne die fehlende Leidenschaft meinerseits nicht solange miteinander ausgehalten. Selbstverständlich gingen wir uns oft und regelmäßig auf den Geist und jeder von uns war dem anderen gegenüber stets ein Besserwisser. Ich hatte das Bedürfnis, ihr eine angenehme Heimkehr zu bereiten. Das war ich ihr schuldig und das musste ich organisieren. Bis dahin blieben jedoch noch einige Tage und der gründliche Hausputz, der unter anderem damit verbunden war, durfte noch etwas auf sich warten lassen.

Aber so viel stand fest: Mein ›allgemeines‹ erotisches Desinteresse, welches ich in den vergangenen Jahren zum Hauptargument meiner körperlichen Abstinenz verwendet hatte, war in dieser Form nicht mehr zu gebrauchen. Ich musste mir und ihr eingestehen, dass sie mich körperlich einfach nicht anzog und ich sie nicht begehrte. Niemand, dem wir über unsere langwährende Unkörperlichkeit berichteten, konnte je nachvollziehen, weshalb wir dann noch so viel Zeit gemeinsam miteinander verbracht hatten. Stabilität und Sicherheit. Klingeling! Da war doch einmal etwas.

Nach einem derart aufregenden Tag beschloss ich, den Versuch zu wagen zur Ruhe zu kommen. Ich ballerte mir zur Abwechslung eine Dominal in den Kopf, weil ich wusste, dass sie mich in spätestens eineinhalb Stunden ausknipsen würde. Es gelang.

Als ich am nächsten Morgen erwachte, hatte ich keinerlei Bedürfnis, den Markt zu besuchen. Mein Versprechen, Betty zu besuchen, konnte ich nicht einhalten. Wozu auch? Sie war sicherlich glücklich mit ihrem Typen. Bei allem, was ich in der letzten Zeit so angestellt hatte, war dies einmal eine Entscheidung, die mir ausnahmsweise mal keiner verübeln konnte.

Leere

Vielleicht war es ja doch nicht ihr Mann und Betty pflegte einfach nur einen sehr herzlichen Umgang mit ihr vertrauten Mitmenschen? Mein Gott, so schlimm war es ja nun auch nicht, dass sie ihrem Kollegen einmal mit der Hand über den Rücken fuhr. Das passiert doch überall. Und außerdem passte der Typ überhaupt nicht zu ihr. Je mehr ich darüber nachdachte, desto bewusster wurde mir, dass das nur ein Hirngespinst sein könnte. Am Ort, wo sonst der Gemüsestand war, herrschte gähnende Leere. Alle anderen Stände waren da. Na vielleicht stehen sie ja heute auf einem anderen Markt, dachte ich. Oder an einem ganz anderen Platz hier in der Fußgängerzone. Ich durchquerte einmal alle weiteren Plätze, ohne fündig zu werden. Vielleicht bauen sie heute nur später auf? Also marschierte ich wieder zurück und nahm am Weinstand platz. Einfach mal zwei Stunden warten und ›Weinchen trinken‹. Der Platz wollte sich nicht füllen. Ach, dachte ich, möglicherweise sind die ja auch nur von Donnerstag bis Samstag hier und ansonsten unterwegs. Aber warum sind dann die anderen Stände alle da? Kurz dachte ich darüber nach, einmal alle umliegenden Märkte abzuklappern und nachzusehen. Sowie ich aufstand, spürte ich aber deutlich, dass wenn dies auch keine Schnapsidee war, dann doch wenigstens eine Weinidee. Aber ich könnte zu Hause einmal nach dem Gemüsehändler im Internet forschen. Vielleicht gab es dort ja Hinweise darauf, wo sie für gewöhnlich unterwegs sind. Eine eigene Webseite war nicht ausfindig zu machen, wohl aber die allgemeine Seite der Märkte dieser Stadt. Und dieser war ganz eindeutig zu entnehmen, dass *mein* Gemüsestand hier zu stehen hatte, und zwar von Montag bis Samstag durchgehend. Ich las mir bei der Gelegenheit die Kundenbewertungen durch, die dort zu finden waren. Von ›den netten Damen‹ die hier bedienten, war des Öfteren die Rede. Sag ich doch, die Konkurrenz schläft nicht!

Urlaubsbedingt, trieb es mich nun jeden Tag auf den Markt. Ich hatte schließlich die Zeit. Jedes mal, als ich von der Bahnstation kommend um die letzte Ecke bog, die ich nehmen musste, um an meinen Lieblingsstand zu gelangen, traf mich ein Schlag in die Magengrube, weil der Platz unbesetzt war. Ob die wohl plötzlich insolvent waren und einfach dicht gemacht hätten? Was wäre denn dann? Doch dann hatte ich eine zündende Idee. Ich ging zum Olivenstand gegenüber und versuchte Informationen zu bekommen.

»Wo sind die«, fragte ich den jungen Herren, mit dem Finger auf den leeren Platz zeigend.

»Alle krank. Haben kein Personal zur Verfügung.«, antwortete er mir recht offen.

»Soso, also kollektive Grippewelle, oder ist etwas Schlimmeres passiert?«

»Keine Ahnung. Müssten aber kommende Woche wieder da sein, wie ich gehört habe.«

Damit konnte ich leben. Zumindest konnte ich jetzt auch getrost zu Hause bleiben und meine Zeit sinnvoller gestalten, als täglich vergebens den Markt aufzusuchen. So sonderlich schön war es hier ansonsten ja auch nicht. Außerdem war es höchste Eisenbahn, allmählich etwas Ordnung und Struktur in den heimischen Saustall zu bringen. Fenjas Rückkehr würde nicht mehr allzu lange auf sich warten lassen und ich könnte wenigstens schon einmal damit beginnen, den groben Müll herauszuschaffen. Der Wäscheberg musste zudem dringlichst abgebaut werden. Das sind so grundsätzliche Dinge, deren Abarbeitung viel Klarheit zur Folge hat. Man sieht dann ganz deutlich, dass sich etwas verändert hat. Der Feinschliff hatte noch etwas Zeit. Ich brauche das Fünf-vor-Zwölf-Gefühl, bevor ich energisch den Wischmob kreisen lasse. Und doch fragte ich mich darüber hinaus, was ich zusätzlich arrangieren könnte, damit Fenja das Gefühl vermittelt bekommt, dass sie trotz der desolaten Beziehungslage zu Hause willkommen ist. Selbsterklärend, dass ich hier nicht mit Rosenblütenblättern, blinkenden Herzchen und vergleichbarem romantischem Schnickschnack aufwarten könnte. Das würde wenig authentisch wirken und das gab mein Herz auch nicht her.

Als der Tag ihrer Heimreise ins Haus stand, hatte ich es geschafft, die Hütte in einen blitzeblanken Zustand zu versetzen, auf dem Küchentisch stand ein dezentes Blümchen, an der Wohnungstür hatte ich eine Willkommenskarte angebracht. Ich hatte ihr Wunschgericht zubereitet, Spaghetti Bolognese, was nun trivial klingt, aber *meine* Bolognese, die mindestens drei Stunden einreduziert, dabei zwei Flaschen Rotwein vertilgt und am Ende eher schwarz als rot ist, die macht mir keiner nach. Dabei hätte ich so gerne mal wieder Sauerbraten gemacht. Ach, ich armes Opfer.

Rückblickend auf meine letzten drei Wochen in ›Einsamkeit‹, musste ich mir eingestehen, dass ich diese mit nichts als Unsinn verbracht hatte.

Fenja hatte natürlich viel zu berichten. Insgeheim hatte ich die Hoffnung, dass es einen ›Kurschatten‹ gegeben hätte. Doch in dieser Richtung sendete sie keinerlei Signale. Natürlich kamen wir auch auf die Sache mit Katja zu sprechen, wobei Fenja mir eingestand, dass sie den Chatverlauf, den sie zu lesen bekommen hatte, tatsächlich auch als anregend empfunden hätte. Insgesamt wurde die Angelegenheit, was unsere Gespräche betraf, aber eher unter den Tisch gekehrt. Ich war mir unsicher, wie ich das finden sollte. Sicherlich war es auf der einen Seite recht nett, dass der Haussegen nicht komplett schief stand, auf der anderen Seite hatte ich mir jedoch etwas mehr Konsequenz aus der Geschichte erhofft.

In einem Nebensatz berichtete ich ihr, dass ich mein ›Nachtschattenmädchen‹ offensichtlich verloren hätte. Meinen Wunsch, den Impuls auszusenden, in dieser Richtung aktiv gewesen zu sein, hatte ich mir damit erfüllt.

Somit hatte er wieder Einzug erhalten, der gewöhnliche und biedere Alltag. Wenn ich abends aus der ›Schule‹ heimkehrte, saßen wir vor unseren Notebooks, jeder in seiner eigenen Welt. Fenja neigte dazu, mir regelmäßig Bilder zeigen zu wollen, die sie bei Facebook ausfindig gemacht hatte. Hierauf reagierte ich stets abweisend und zum Teil auch aggressiv, weil es mich wirklich nervte und ich mehrfach darum gebeten hatte, mich doch damit zu verschonen. Vermehrt meldete sich meine Misophonie bei mir. Wenn Fenja nur wenige Meter von mir entfernt saß und hektisch Möhrchen oder sonstige Rohkost aß, kochte Wut in mir hoch. Wenn sie mit mir sprach und dabei in die für sie signifikanten hohen Stimmlagen geriet, fühlte es sich für mich an, als hätte jemand ein meterlanges Laubsägeblatt durch das linke Ohr, einmal quer durch den Kopf und aus dem rechten Ohr wieder hinaus geschoben und würde lustig daran hin- und herziehen. Meine Versuche, mir einzureden, dass sie selbst nichts dafür könne und es schlichtweg an meiner eigenen Wahrnehmung lag, blieben ergebnislos. Ich war sehr dankbar dafür, dass ich tagsüber die Schulbank drücken durfte. Nach Hause kam ich meist mit Widerwillen. Und es fiel mir zunehmend schwer, dies zu verbergen, ohne dabei verletzend zu werden. Kurz dachte ich darüber nach, meine Medikamente wieder einzunehmen, kam jedoch zu dem Ergebnis, das mich diese nur in Watte packen und auf weiche Wölkchen setzen würden, was keine Lösung des Konflikts bieten würde. Stattdessen entschied ich mich lieber dazu, die rosarote Brille zugunsten meines ›Nachtschattenmädchens‹ aufzusetzen. Ihre Stimme war der pure Wohlklang und wie sehr hoffte ich, sie jemals wieder hören zu dürfen.

Recherche

In den kommenden Tagen stand mir ein Praktikum bevor. Dies war eine zu erfüllende Pflichtaufgabe während meiner Rehabilitation. Nichts Großes. Ich war tatsächlich damit beauftragt, mir ein kleines ›Spaßpraktikum‹ zu besorgen, in einem Umfeld, das mir guttut, in einem Bereich, der mir Freude bereitet. Ziel des Ganzen: Angstverlust vor Arbeitgebern.

›Robbie's Plattenladen‹ befand sich etwa zwanzig Meter entfernt vor meiner Haustür. Robbie kannte mich bereits seit längerem als Stammkunde, man grüßte sich stets freundlich und somit war es ein Leichtes, dort für vierzehn Tage unterzukommen. Der Vertrag wurde quasi per Handschlag auf der Straße abgeschlossen.

In meiner Phantasie sah ich mich bereits täglich mit regem Interesse seinen Bestand von 30.000 Vinylscheiben durchforsten, während ich mit recht ausgeprägtem musikalischem Vorwissen beratende Gespräche mit seinen Kunden führte.

Die Realität gestaltete sich etwas anders: Zwar konnte ich morgens recht komfortabel ausschlafen, da ich erst um neun Uhr zu erscheinen hatte und keinen langen Dienstweg antreten musste, dann jedoch mussten zunächst einmal etwa einhundertdreißig schwere Kisten täglich aus der Garage und dem Lager in die Auslage manövriert werden. Selbstverständlich mussten diese auch zum Feierabend wieder zurück an ihren Ursprungsort. In der Zeit dazwischen bekam ich die Aufgabe etwa 250 Kisten mit 7-Inch-Singles zu durchforsten, nach Preis zu sortieren und hierbei die höherpreisigen Singles ab drei Euro auszusortieren, in separate Kisten zu verlagern und im Verkaufsraum zu positionieren, damit diese ›näher beim Kunden‹ sind.

Ich saß also alleine in einem Kellerraum. Surrendes Neonlicht, Wasser aus einem undichten Rohr flutete stets den Raum, wenn über mir die Toilettenspülung betätigt wurde, Spinnen und Asseln liefen sich grüßend über den Weg, es roch nach Urin und Schimmel, Mäusescheiße soweit das Auge blickte. Ich war so klug, mir am zweiten Tag einen Campingstuhl mitzubringen, da mir das Kreuz bereits schmerzte, wegen der niedrigen Deckenhöhe und meiner hierdurch bedingten ergonomiefeindlichen Körperhaltung. Ferner packte ich mir Händedesinfektionsmittel ein und vier Dosen Bier, auf dass die Arbeit Spaß machte.

Beim Durchsuchen der Kisten und beim Anblick der Cover, schlichen sich unkaputtbare Ohrwürmer in mein Hirn: Der Ententanz, Looking for Freedom, die kleine Kneipe, Bruttosozialprodukt, Ein bisschen Frieden. Als zuvor leidenschaftlicher Vinylsammler begann ich meine Passion zu hassen. Die Hüllen klebten oft aneinander, waren schmierig, staubig, mit menschlichen Exsudaten kontaminiert. Meine Augen wurden nervös, ich hatte Mühe meinen Blick zu fokussieren, denn alles, was ich den Tag über sah, waren im Zweisekundentakt flatternde Papierquadrate zwischen meinen Händen. Ich hatte die Option, diesen Job jederzeit abzubrechen. Eine Nachricht an den Maßnahmeträger ›das ist nichts für mich‹ hätte genügt. Aber dafür war ich zu stolz. Im Grunde genommen machte ich denselben Fehler erneut, der bei vorherigen Arbeitgebern dafür gesorgt hatte, dass ich überhaupt Rehabilitand wurde. Es gab aber noch einen weiteren Grund, weshalb ich nicht kapitulierte: Ich würde Robbie ja trotzdem weiterhin täglich begegnen und fortan als ›Lusche‹ vor ihm dastehen. Das war völlig inakzeptabel.

Sei es darum, ich hatte schließlich den ganzen Tag die Gelegenheit, mir schöne Gedanken zu machen.

Und wer bot sich da nicht besser an als Betty?
Genau, da ist sie ja wieder.

Und während ich mir ihre Gestalt so ins Bewusstsein rief, wie sie da am Gemüsestand sorgfältig in Böhnchen und Kirschtomaten fingerte, liebevoll Äpfel in Reih und Glied legte, da traf mich unerwartet ein Geistesblitz: Wieso hatte ich Facebook noch nicht darum bemüht, sie ausfindig zu machen? Immerhin, ich verfügte über einen Vornamen und den Namen dieser Stadt! Hiermit ließe sich doch bereits eine Suchabfrage formulieren, die möglicherweise etwas Brauchbares hervorbrachte!

An diesem Abend durfte ich feststellen: Ja, es gab Suchergebnisse. Und zwar weit über zweihundert. Ein neues Projekt war geboren. Ich musste mir der Reihe nach alle Bettys der Stadt anschauen und deren Profile danach beurteilen, ob es ›meine Betty‹ sein könnte. Das bedeutete: Sichtung der Bilder, Arbeitgeber, Beziehungsstatus. Um eine Vorselektion zu treffen, nahm ich mich in den ersten Tagen zunächst der Profile an, die auch über ein Bild verfügten. Das war recht aufwendig, denn je weiter ich die Liste der Auswahl hinunterscrollte, um eine Selektion zu treffen, musste ich für das nächste anzuklickende Facebook-Mitglied die ganze Strecke wieder erneut herunterfahren, da nach verlassen eines Profils wieder die erste Position angesteuert wurde. Aber für einen wie mich, der den ganzen Tag damit beschäftigt war, Plattenkisten zu durchwühlen, durfte das keine sonderlich große Herausforderung darstellen. Je mehr das zur Verfügung stehende Angebot an Bettys schrumpfte und keine davon meiner Auserwählten entsprach, überlegte ich nach Möglichkeiten, meinen Suchalgorithmus zu verfeinern. Herrgott, ich war doch Informatiker. Mir müsste da etwas einfallen. Aber es gab schließlich ja auch die Option, dass sie gar keinen Facebook-Account hätte. Je mehr ich versuchte, mir dies vorzustellen, desto sympathischer wurde mir dieser Gedanke. Eine Frau, die nicht permanent in sozialen Netzwerken herumgeistert, um sich damit ihren Alltag zu gestalten? Großartig!

Für den kommenden Tag hatte ich mir vorgenommen, Robby um eine ausgedehnte Mittagspause zu bitten. Mein Ziel war es – und das kommt jetzt etwas überraschend- zum Markt zu fahren.

»Du kannst machen, was du willst. Nimm dir ausreichend Zeit«, reagierte er gelassen.

»Ja, ich muss halt mal kurz zu meinem Maßnahmeträger, etwas unterschreiben lassen«, meinte ich, begründen zu müssen.

»Wie gesagt, kein Problem. Achtzehn Uhr fangen wir mit Kistenschleppen an.«

»Passt locker!«

Ich setzte mich zunächst für ein halbes Stündchen ins Brauhaus, wollte zwei schnelle Bierchen zischen, um die Klatsche später leichter zu ertragen, falls ich wieder vergeblich hierher gekommen wäre. Aber heute sollte mich eine kleine Überraschung erwarten. Der Gemüsehändler meines Vertrauens war vor Ort. Nicht anwesend war Betty. Vielleicht war sie kurz unterwegs, um Kaffee zu besorgen, oder an einem anderen stillen Örtchen. Ich entschied mich dazu, noch eine Runde durch die Straßen zu ziehen und in etwa zwanzig Minuten noch einmal hier zu erscheinen. Ich bemühte mich darum, das Brauhaus großzügig zu umgehen. Stattdessen wurschtelte ich mich mit weichen Knien durch hektische Menschenmassen und war wieder einmal erstaunt darüber, wie viele Menschen doch werktags die Zeit hatten, hier sinnlos herumzulaufen. Bei mir war das ja etwas komplett anderes.

Nun, wie soll ich es sagen, auch bei meinem zweiten Anlauf war Betty nicht auffindbar. Ich hatte kurzen Augenkontakt mit ihrer Kollegin, überlegte für einen Moment etwas zu kaufen, denn es musste schon recht befremdlich gewirkt haben, wie ich da an der Gemüseauslage stand und ins Leere blickte. Ich machte jedoch kehrt, um tatsächlich noch einmal ins Brauhaus zurückzugehen, mir dort etwas Zeit zu nehmen und eine neue Strategie zu planen. Allmählich gingen mir meine Ideen aus. Hatte sie den Job geschmissen? Wurde sie entlassen? Hatte sie einen reichen Mann gefunden und es schlichtweg nicht mehr nötig, sich hier täglich abzurackern?

In Ermangelung frischer Impulse entschied ich mich dazu, mir bis zum kommenden Samstag Bedenkzeit einzuräumen und dann gegebenenfalls einen erneuten Versuch zu wagen, bevor ich das ›Projekt Betty‹ einzustampfen gedachte und mich mit dem Gedanken auseinandersetzen musste, dass alles, was ich hier tat niemals von Erfolg gekrönt werden würde.

Die Zeit dazwischen könnte ich dazu nutzen, mich weiter mit meiner Facebook-Recherche zu beschäftigen. Ich gestaltete meine Suchanfrage insofern um, als dass ich ihren Vornamen nun mit den Namen umliegender Städte kombinierte, wodurch sich die Auswahl an zur Verfügung stehenden Bettys exponentiell erhöhte. Was solls, dachte ich. Dann ist es halt ein bisschen Arbeit. Aber wie nicht anders zu erwarten war, blieb meine Akquise ohne Erfolg.

»Heute versuche ich es zum allerletzten Mal«, sagte ich meinem Spiegelbild, als der heilige Samstag gekommen war. Und danach wird diese ewige Marktbesucherei endgültig ein Ende haben. Ja, ich fand einen Gemüsestand ohne Betty, um es kurz zu machen. Ein jugendlicher Frischling bediente die Kunden. Wohlwissend, dass dies hier mein letzter Anlauf ist, fasste ich meinen Mut zusammen, trat vor ihn und fragte mit artifizieller Selbstverständlichkeit:

»Sag mal, wann ist denn die Betty wieder da?«

»Die Betty ist im Krankenhaus«, sagte er.

»Oh, ich hoffe, es ist nichts Schlimmes?«

»Keine Ahnung, dauert aber wohl länger.«

»Ist länger ›ein halbes Jahr‹, oder so?«

»Paar Wochen bestimmt.«

Ich trat den Heimweg zu Fuß an, weil mir nach frischer Luft und etwas Bewegung war. Derweil ging ich mit mir in einen harten inneren Monolog:

»Und nein, Marcel, du wirst jetzt auf keinen Fall alle umliegenden Krankenhäuser abklappern, dort an der Rezeption nach allen Bettys fragen, um alle Patientenzimmer zu besuchen und dort nach deiner Betty zu schauen! Oder doch? NEIN! Aber das würde ihr sicherlich imponieren. Ja, und wenn du sie dann finden solltest, dann sieht sie dich erschro-

cken an und fragt ›was willst du denn hier‹, nein
Marcel lass das. Das ist nicht mehr gesund und das
ist jenseits jeglichen Verstandes. Du hast nicht mehr
alle Latten am Zaun! Aber reizen würde es mich
schon. Nein! Überleg dir etwas anderes, schreib ihr
von mir aus eine Genesungskarte mit ein paar
netten Worten, bringe sie zum Stand und bitte ihre
Kollegin sie ihr zu überreichen. Wenn sie länger im
Krankenhaus ist, dann wird sie sie doch sicher einmal besuchen! - Was? Marcel, du bist ein Genie!
Genau das ist es!«

Am darauffolgenden Montag war mein Praktikum
bei Robbies Plattenladen beendet. In der Schule
hatten wir allerlei buntes Papier und Bastelzeug zur
Verfügung. Ich hatte meinen guten Füllfederhalter
mitgenommen. Nachdem ich mir ein paar Utensilien
zusammengesucht hatte, verzog ich mich in den
EDV-Raum und versuchte Betty eine Karte zu
schreiben. Die ersten drei Versuche musste ich kläg-
lich abbrechen, weil meine Hände zu sehr zitterten.
Mit nicht schönster aber immerhin lesbarer Hand-
schrift verfasste ich meine Botschaft an sie, indem
ich mich kurz vorstellte, mich in Erinnerung rief, sie
informierte, dass ich von ihrem Krankenhausaufent-
halt erfahren hätte, hoffte, dass sie bald genesen

würde und sie am Gemüsestand vermissen würde. Ich beendete meine Nachricht an sie mit den Worten: »Wem nutzt all das schöne Obst und Gemüse, wenn die süßeste Frucht nicht da ist!«

Meine Handynummer hinterließ ich ihr zur Sicherheit. Schließlich sollte sie wenigstens die Möglichkeit haben, mir »Verpiss Dich« oder etwas Vergleichbares zu schreiben. Klar, das war der hauptsächliche Grund. Im Büro bat ich meine Bezugspädagogin um ein Kuvert. Sie wollte mir einen Briefumschlag mit Fenster überreichen, den ich dankend ablehnte. Das ging überhaupt nicht. Meine Nachricht war schließlich nicht an das Arbeitsamt gerichtet. Also bastelte ich. Mit panischen Händen. Diesmal brauchte es drei Anläufe. Am Ende war mein Werk zwar nicht sonderlich schön, aber immerhin individuell und handgemacht. Jetzt musste es überreicht werden. Aber hierbei hatte ich keine Eile.

Ausnahmsweise musste ich meine Konzentration für ein paar Tage auf einen gänzlich anderen Fokus richten und ich nahm dies gleichzeitig zum Anlass, meinem Nervenkostüm etwas Erholung zu verpassen.

Seit längerer Zeit suchte man bei der Reha-Einrichtung vergeblich einen Dozenten zum Thema

Kommunikation. Ich hatte mich deshalb angeboten, am kommenden Freitag einen halben Tag hierzu Unterricht zu erteilen. Insofern stand ich unter einem enormen Zeitdruck, meine Präsentation vorzubereiten. Die Zeit hierfür durfte ich mir tagsüber nehmen. Ablenken lassen durfte ich mich auf keinen Fall. Ich nahm dies als Übung für mein zukünftiges Arbeitsleben und testete meine Arbeitsbelastungsfähigkeit unter realen Bedingungen. Inhaltlich wollte ich auf das ›Sender-Empfänger-Prinzip‹, ›die sechs Kommunikationshürden nach Konrad Lorenz‹, ›das Eisbergmodell‹, ›die Transaktionsanalyse‹, inclusive Kindheits-Ich, Erwachsenen-Ich und Eltern-Ich, sowie ›innere Antreiber‹ eingehen. Für die zur Verfügung gestellte Zeit war das ein ordentlicher Batzen. Ich kam sehr gut voran und was ich da produzierte, das verschaffte mir Zufriedenheit. Am Mittwoch meiner Vorbereitungsphase war ich so zuversichtlich, dass ich mir zur Mittagspause noch einmal einen winzig kleinen Recherche-Versuch via Facebook zu Betty erlaubte. Mir war eingefallen, dass ich zwar bisher Städtenamen für meine Suche ausgewählt hatte, angeschlossene Stadtteile jedoch nicht.

Sowie ich meine Anfrage abfeuerte, traute ich meinen Augen nicht. Ich hatte sie gefunden. Erster

Eintrag, ganz oben auf der Liste. Ungläubig durchforstete ich ihre Bilder, fassungslos, zweifelnd, aber das *musste* sie sein. Kein Beziehungsstatus vorhanden. Ich musste mich vergewissern und schrieb ihr umgehend eine Nachricht:

»Hallo, entschuldige bitte mein plötzliches Eindringen. Bist Du die Betty, die auf dem Markt am Gemüsestand arbeitet und mit der ich eine Zeitlang recht herzlichen Kontakt gepflegt habe? Ich habe gehört, dass Du im Krankenhaus bist und wollte Dir meine besten Genesungswünsche zukommen lassen. Liebe Grüße, Marcel :-)«

Mich durchflutete eine lange nicht mehr erlebte Energie. In der Tat war ich noch nicht einmal wirklich ungeduldig bezüglich ihrer möglichen Antwort, da ich wusste, dass meine Zeilen in den Nachrichtenanfragen landen würden, die gerne einmal übersehen werden, zumindest von mir.

Also stürzte ich mich in meine Arbeit. Was für ein Aufwind. Endorphine sind faszinierend. Meine Präsentation würde ich nun rocken, davon war ich überzeugt.

Und genau so sollte es kommen. An diesem Freitag erwachte ich erstaunlich ausgeschlafen, in mir ruhend, hochkonzentriert und in aller Vorfreude auf meine Unterrichtseinheit. Ich schaffte es, mein ›Publikum‹ zu fesseln, erntete anerkennende Blicke, war selbst erstaunt über den mir zur Verfügung stehenden Wortschatz, garnierte meinen Vortrag mit Humor, den ich mir spontan aus dem Hut zaubern konnte, kurzum: Ich befand mich in meinem Element, wie ich es nur aus lange vergangenen Tagen in Erinnerung hatte. Es war eine glasklare Angelegenheit, dass ich das heute nach Feierabend direkt im Anschluss begießen würde. Nicht heftig, aber angemessen. Ich war wieder wer! Ich war gut! Ich war der Beste! Der Arbeitsmarkt konnte kommen. Dieses Gespenst war besiegt. Nun war es höchste Zeit für neuen Ärger, oder?

Wenig später saß ich an den Außentischen meiner angestammten Kneipe und trank ein Weizenbier. Das Publikum dort ist zu vernachlässigen, aber ich ging ja auch nicht hierhin, um Menschen kennenzulernen. Das Bier war günstig, gut gezapft und die Öffnungszeiten stimmten. Außerdem konnte man hier Fußball gucken. Für einfachste Unterhaltung war hier gesorgt. Es dauerte nicht lange, bis Fenja um die Ecke kam. In letzter Zeit hatte ich oft den Eindruck, dass sie nicht ganz ohne Grund hier vorbeikommt, wenn ich mal nicht Punktum nach

Schulschluss heimkam. Ich mühte mir ein zwanghaftes Lächeln ab. Natürlich setzte sie sich zu mir und trank etwas mit, während ich von meiner Präsentation berichtete. Ich hätte jedem, der sich an diesem Tag zu mir gesetzt hätte davon berichtet. Und leider, nachdem bei mir die erste alkoholbedingte Melancholie einsetzte, erzählte ich ihr auch von Betty, die wohl längerfristig im Krankenhaus sei und es sich sehr ernst anhörte, was ihre Gesundheit betraf. Völlig unnötige Information für sie, denn sowie ich diese Botschaft verkündet hatte, bekam ich eine Nachricht über den Facebook-Messenger:

»Hallo Marcel, ja ich bin es. Ich freue mich, von Dir zu hören. Ich habe oft über unsere Treffen nachgedacht. Der Mann, der nur samstags kann :-)«

Unmittelbar danach erreichte mich ihre Freundschaftsanfrage, die ich selbstverständlich annahm.

Der Telefonanruf

Mit unserer besiegelten digitalen Freundschaft hatte ich nun Zugriff auf Bettys vollständiges Profil. Ich bekam die Nummer 701. Das fand ich schon recht ordentlich. Fasziniert studierte ich ihre Bilderalben, in denen sie ihre schier unendliche Wandlungsfähigkeit unter Beweis stellte. Jedes Portrait von individueller Schönheit. Sie schien drei Kinder zu haben, die bereits aus dem Gröbsten herausgewachsen waren. Gut so. Kein plärrendes Geschrei in Aussicht. Was mich stutzig machte, das war die Angabe ihres Arbeitgebers. Von einem Marktstand war dort nichts zu sehen. Stattdessen hatte sie meinen eigenen ehemaligen Arbeitgeber, bei dem ich bis zum April 2018 beschäftigt war aufgeführt. Wie konnte es sein, dass wir uns dort nicht über den Weg gelaufen sind? Gut, bei 1100 Angestellten kennt man nicht jeden persönlich, aber *sie* wäre mir doch spätestens beim ersten Betriebsfest aus der Masse ins Auge gestochen. Da ich seinerzeit im IT-Support beschäftigt war, bestand sogar eine sehr hohe Warscheinlichkeit, dass wir bereits miteinander telefoniert hätten. Was mir darüber hinaus auffiel: Guido Guthmann, mein ehemaliger Hausarzt, befand sich in ihrer Freundesliste. Das war ein unglaublich selbstverliebter Schönling, ein klassischer Halbgott in Weiß. Es gab zwei mögliche Zustände, wenn man seine Sprechstunde besuchte. Hatte er eine junge Assistenzärztin mit im Gepäck, die angelernt werden musste, dann nahm er sich unendlich viel Zeit, stellte intensiv Fragen, zeigte sich empathisch, hörte aufmerksam zu, denn damit konnte er sein Imponiergehabe vollumfänglich austoben. Befand ich mich hingegen alleine mit ihm im Untersuchungszimmer, dann war er abweisend, verkaufte mich für dumm, stellte mich als Hypochonder da. Da ich selbst medizinisch vorgebildet bin, konnte ich meine Symptome stets sehr genau beschreiben und auch die entsprechenden Fachtermini benutzen. Das mochte er überhaupt nicht. Es reizt mich immer noch, ihm einmal all seine ärztlichen Kunstfehler auf den Tisch zu knallen, beispielsweise als er mir einen Betablocker gegen wiederkehrende Tachykardien verschrieben hat. Dass diese aus einer Wechselwirkung zweier anderer Medikamente resultierten, von denen er wusste, dass ich sie einnahm, wollte er nichts wissen. Nachdem ich beide Medikamente absetzte, war auch das Herzrasen verschwunden und seinen verordneten Betablocker musste ich niemals einnehmen. Erst vor gar nicht langer Zeit war ein guter Bekannter von mir im Alter von einunddreissig Jahren dem plötzlichen Herztod erlegen, weil er ein vergleichbares Präparat verschrieben bekommen hatte. Ja, ich nehme nicht alles für bare Münze, was die Ärzte so von sich geben und behalte mir das Recht vor, ein mündiger Bürger zu sein. In der Konsequenz hatte ich meinen Hausarzt kürzlich gewechselt und meinem Neuen im Erstgespräch mitgeteilt, dass ich ›Behandlung auf Augenhöhe‹ erwarte. Das lief bis jetzt auch recht gut.

Ich schloss an meinen begonnenen Dialog mit Betty an:

»Wie schön, dass ich Dich gefunden habe. Ich habe Dir eine kleine Genesungskarte geschrieben, die ich am Gemüsestand für Dich überreichen wollte. Aber ich schreib Dir gerne später einmal mehr, wenn ich am PC sitze. Ich mag die Handytipperei wurstfingerbedingt nicht so sonderlich.«

»Gerne. Ob am PC oder vielleicht auch telefonisch«, schrieb sie zurück.

Wow, telefonieren!

»Telefonieren? Sehr gerne. Vielleicht morgen Vormittag? Dann gehe ich zum Markt und bin ungestört. 11.00 Uhr?«

Wo sonst sollte ich das Erstgespräch mit Betty führen, wenn nicht auf dem Markt? Schließlich war morgen auch Samstag.

»OK.«

Ich nahm im Brauhaus platz. Draußen. Es war noch angenehm warm. 10:30 Uhr. Ich hatte noch ausreichend Zeit, meinen Bluthopfenspiegel zur Beruhigung anzureichern und zwei Zigaretten zu rauchen.

Ich setzte Betty in Kenntnis:

»Um Dich anrufen zu können, fehlt mir noch ein kleines aber nicht unwichtiges Detail! Kommst Du von selbst darauf?«

Wenige Minuten später erhielt ich ihre Rufnummer. Und nun dehnte sich die Zeit! Zeit ist etwas Rätselhaftes.

Als es soweit war und ich ihre Rufnummer wählte, sprang Bettys Sprachbox an. Ich legte auf. In fünf Minuten würde ich es erneut versuchen.

Als es soweit war und ich ihre Rufnummer wählte, sprang Bettys Sprachbox an. Ich legte auf. In fünf Minuten würde ich es erneut versuchen.

Als es soweit war und ich ihre Rufnummer wählte, sprang Bettys Sprachbox an. Ich hinterließ unter höchster Anspannung eine Nachricht. Verdammte Scheiße, dachte ich. Wie kann es sein, dass sie mir vor wenigen Minuten noch ihre Rufnummer zustellen konnte und nun zum vereinbarten Termin plötzlich nicht erreichbar war? Ein wenig verärgert, aber auch enttäuscht brach ich auf, nahm die nächste Bahn und fuhr heimwärts.

Ich entschloss mich dazu, noch eine Weile am Rhein auf einer Bank platz zu nehmen, um den jüngsten Ereignissen den Druck zu nehmen. Als ich dort auf mein Telefon sah, stellte ich fest, dass Betty versucht hatte, mich zurückzurufen. Also versuchte auch ich es erneut und diesmal mit Erfolg.

»Ja Hallo«, sagte sie mit heiterer Stimme.

»Wie schön, dass es doch noch geklappt hat. Ich hatte schon aufgegeben.«

»Ich war mit meinen Hunden im Wald und war wohl in einem Funkloch.«

»Du hast Hunde?«

»Ja, vier Stück. Alles Pflegefälle, die nicht mehr allzu lange haben. Einer hat nur noch drei Beine, dem anderen fehlt ein Auge. Ich nehme die bei mir auf.«

Aha, eine gute Seele also.

»Ich habe gesehen, dass wir beide zuletzt den gleichen Arbeitgeber hatten und wundere mich etwas, dass wir uns dort nicht über den Weg gelaufen sind.«

»Ach, ist das so?«

»Ja, ich habe dort in der IT gearbeitet und halte es durchaus für möglich, dass dies hier gar nicht unser erstes Gespräch ist. Ich bin aber seit April 2018 da raus.«

»Da war ich schon länger vor Dir raus. Drecksladen, oder?«

»Mit das Mieseste, was mir im Leben unter gekommen ist. Als ich da raus war, war ich fällig für die Rehabilitation. Menschenunwürdige Zustände dort.«

»Was hast du denn?«

»Psychosomatik. Rezidivierende Depressionen, Panikstörung, Doppelbilder sehen, Tinnitus, dieses ganze Paket halt.«

»Och, das kommt mir bekannt vor. Da bin ich auch nicht ganz verschont von. Ich bin arbeitsmäßig aber schon vor einigen Jahren ausgeschieden, wegen meiner Krebserkrankung. Ich wurde sofort berentet. Und vor zwei Jahren hatte ich noch einen Schlaganfall und musste über ein halbes Jahr erst einmal wieder reden lernen können. Wortfindungsschwierigkeiten habe ich bis heute.«

»Davon merke ich aber nichts«, antwortete ich, um zu versuchen, das sensible Thema der Krebserkrankung etwas zu umschiffen. Wenn sie darüber reden wollte, würde sie das sicherlich zu einem späteren Zeitpunkt von sich aus machen.

»Danke. Es geht mir derzeit körperlich auch recht gut, bis auf das psychische Leiden.«

»Na dann willkommen im Club. Was ist es bei Dir?«, wollte ich wissen.

»Vermutlich ganz ähnlich wie bei Dir. Ich habe auch Panikattacken und dann wechselt bei auch die Stimmung schlagartig. Ich kann von jetzt auf gleich ein ganz anderer Mensch sein. Dann werde ich eiskalt.«

»Und wie lange hält dieser Zustand dann an? Sind das Tage oder Wochen?«

»Eher Stunden. Aber während dieser Zeit habe ich das Herz schon arg auf der Zunge liegen und kann sehr verletzend sein und das in erster Linie Menschen gegenüber, die mir sehr am Herzen liegen.«

»Na Stunden gehen ja schnell vorbei. Solang du nicht mit Gegenständen um dich wirfst oder randalierst, ist das doch in Ordnung. «

»Och...«

»Na aber lass uns mal beim ersten Gespräch nicht nur über Krankheiten reden. Mit diesem Thema habe ich täglich in der Reha zu tun. Da bin ich ja auch nur von Psychos umgeben. Aber es ist ja doch schon so, dass es fast kaum möglich ist, heute noch jemanden zu treffen, der nicht irgendwo einen an der Waffel hat. Und falls doch, muss ich mir eingestehen, dass mich diese Menschen dann doch recht schnell langweilen. Aber sag mal, letzte Frage in der Richtung, seit wann bist du denn wieder aus dem Krankenhaus entlassen und was war denn los?«

»Ich bin schon seit Donnerstag wieder zu Hause und das ist eine längere Geschichte, die ich ein andermal erzähle.«

»OK, und wann bist du wieder auf dem Markt aufzufinden?«

»Ich werde mich erst noch ein bisschen erholen. Die Rieke schreibt mich auch schon ständig an und fragt nach, weil so viel zu tun wäre. Aber die weiß auch noch gar nicht, dass ich wieder zuhause bin. Das muss sie auch gar nicht?«

»Ach, das ist keine Festanstellung, für die du einen gelben Schein brauchst.«

»Nein, das mache ich nur, weil ich ja in Rente bin, um etwas Abwechslung in meinen Alltag zu bringen, und das Pferd meiner Tochter will ja auch finanziert werden. Aber in absehbarer Zeit wirst du mich auch wieder auf dem Markt antreffen. – Sag mal, du bist doch bestimmt in einer Beziehung, oder?«

»In der Tat. Jedoch in einer Eingeschlafenen. Wir leben seit etwa sechs Jahren ohne körperlichen Kontakt wie Bruder und Schwester miteinander. Das ist eine große Baustelle, die ich angehen muss.«

»Wieso macht man denn so etwas? Das könnte ich mir überhaupt nicht vorstellen.«

»Darauf habe ich keine Antwort. Vielleicht aus Gewohnheit, oder Bequemlichkeit.«

»Ja, aber vermisst deine Partnerin denn nichts?«

»Sie schon.«

»Ja und du?«

»Naja, hm... gab da mal ein Techtelmechtel vor zwei Jahren. Ich schaffe es nicht mehr, mich aufzuraffen und aktiv an der Beziehung zu arbeiten. Ich weiß, dass mir da bald eine ungemütliche Veränderung in Haus steht. Ich muss die Energie aufwenden, mich aus meiner Komfortzone herauszubewegen.«

»Das ist ja fast genau so wie bei mir.«

»Ach?«

»Ja, ich lebe noch mit Thomas zusammen. Aber unsere Beziehung ist auch gescheitert. Ich werde zum kommenden Januar ausziehen und habe auch schon eine neue Wohnung. Das sind dann nur drei Zimmer. Da muss ich dann mit meinen vier Hunden und meiner Tochter unterkommen. Das wird für mich auch eine Umstellung. Wir haben hier so etwas wie einen kleinen Bauernhof eingerichtet und das werden wir dann natürlich auch aufgeben.«

»Wie alt ist deine Tochter?«

»Die wird bald fünfzehn.«

»Schwieriges Alter.«

»Na, sie ist eher ruhig und in sich gekehrt.«

»Sei froh. Geht sicherlich auch bald mit Jungs los.«

»Da bin ich mir nicht so sicher.«

»Sag mal, hättest du denn vielleicht Lust, einmal etwas mit mir gemeinsam zu unternehmen?«

»Ja, gerne. Was schlägst du vor?«

»Ich lasse mir etwas einfallen und wenn Du nichts dagegen hast, dann kontaktiere ich dich über Whats-App und mache Dir Vorschläge.«

»Sehr gerne, du kannst mich jederzeit und immer anschreiben. Ich freue mich über Nachrichten von dir.«

»Sag das nicht, dann bekommst du keine Ruhe, aber ich werde versuchen, mich unter Kontrolle zu haben.«

Betty lachte. Das Gespräch verlief unerwartet flüssig, ohne dass große Lücken aufkamen. Für mich war das etwas Ungewöhnliches.

»So, mein Lieber, meine Tochter steht vor mir und verlangt nach Aufmerksamkeit. Wir haben bald eine halbe Stunde telefoniert. Nicht schlecht.«

»Du hast recht. Wir sollten es nicht überstrapazieren. Ich mache mir einmal Gedanken, was wir unternehmen könnten und schicke dir Vorschläge zu, ok?«

»So machen wir das. Bis bald. Ich freue mich.«

»Bis bald, Betty.«

Also, wenn das jetzt mal nicht rund gelaufen war. Ich kam natürlich nicht umhin, sofort eine WhatsApp-Nachricht hinterherzuschicken.

»Ich fand, das war ein schönes Gespräch!«

»Dito«, folgte es alsbald darauf.

›Dito‹, wie ich dieses Wort hasste. Schwamm drüber, das konnte sie ja nicht wissen. Was ich jedoch wusste, war, dass wir fortan täglich in Kontakt stehen würden und ich musste mir etwas einfallen lassen, um Betty schnellstmöglich für unser erstes Date zu gewinnen. Das war die schönere Aufgabe. Wesentlich unschöner war, was ich nun zuhause zu tun hatte.

Die Trennung

Der Oktober brach an. Bald stand die Uhr auf Winterzeit. Die Tage wurden kürzer, düster, kalt und verregnet. Kurzum: Der ideale Wonnemonat für Psychopathen, der nur durch den darauffolgenden November übertroffen werden konnte.

»Gibt es eigentlich Tage in diesem Monat, an denen du keine Zeit hast oder schon verplant bist«, wollte ich von Betty wissen.

»Ich bin völlig offen, nur am 18. Oktober habe ich einen unumstößlichen Termin«, schrieb sie.

Nun gut, das war ohnehin ein Montag. Ich hatte es mir längst zur Gewohnheit gemacht, Betty morgens gegen 6:45 Uhr, nach dem Verlassen des Hauses meinen ersten Gruß für den Tag zu übersenden. Aus psychologischer Sicht völliger Unfug. Denn wer sich interessant machen und begehrt werden will, der macht sich rar. Dies hatte ich erst neulich in einem Artikel mit der Überschrift ›Wenn aus dem Date keine Partnerschaft wird‹ gelesen. Ich schloss aber daraus, dass diese Theorie auf uns beide nicht anwendbar sei, da wir ja komplett anders tickten. Und somit war für mich der Weg frei, auf sämtliche Regeln der hofmachenden Künste zu verzichten. In den ersten Tagen reagierte Betty auf meine morgendlichen Nachrichten auch sehr prompt. Oft gegen 8 Uhr. Anfänglich per Textnachricht, später per Sprachnachricht. Immer endeten ihre Worte mit dem Satz ›Ich denke an dich‹. Das hörte ich natürlich besonders gerne. Warum bin ich nicht auf die Idee gekommen, auf Sprachnachrichten umzusteigen? Das war doch viel persönlicher und näher. Zumal konnte man die Stimmung des Gegenübers viel deutlicher wahrnehmen. Außerdem war es eine wesentlich komfortablere Möglichkeit, komplexere Inhalte zu transportieren. Und ich konnte sie mir auch immer wieder anhören, intensiv auf Betonungen achten, gesprochene Worte interpretieren oder einfach nur genießen.

Mein Ziel war es, Betty für den 8. Oktober zu gewinnen. Vielleicht ein gemeinsamer Waldspaziergang mit einem anschließenden Abendessen. Damit wären wir zwar wetterabhängig gewesen, aber falls es aus Eimern gießen sollte, müssten wir eben kurzfristig umdisponieren. Um ein Dach über dem Kopf zu haben, waren wir ja ohnehin auf ›Fremdunterkünfte‹ angewiesen. Für das Essen war es mir natürlich wichtig, herauszufinden, was sie besonders mochte. Hierbei schöpfte ich bereits einen kleinen Verdacht.

»Bist du eigentlich Vegetarierin?«

»Also ich esse tatsächlich in erster Linie vegetarisch. Aber manchmal darf es auch ein gutes Steak sein.«

Halleluja, keine völlige Kostverächterin.

»Ich habe hier einen Spanier ausfindig gemacht. Bei dem ist es aber wohl angebracht, einen Tisch zu reservieren. Vorher hätten wir die Möglichkeit, hier im Wald spazieren zu gehen, falls du keine Angst vor der früh einbrechenden Dunkelheit hast. Wenn der 8. Oktober in Ordnung ist, dann würde ich reservieren.«

»Das ist OK.«

»Wunderbar. Dann hätte ich noch eine Frage. Ich bin seit sieben Jahren wegen meiner Panikstörung kein Auto gefahren und besitze derzeit auch keins. Ich bin derzeit auf öffentliche Verkehrsmittel angewiesen. Ich gehe mal davon aus, dass du wohl mobil bist.«

»Lass uns mal eben telefonieren.«

»OK.«

Ich rief Betty an und sie begann mir zu berichten:

»Ja, Marcel, das ist witzig, dass du das Thema ansprichst. Ich bin nämlich gerade auch auf öffentliche Verkehrsmittel angewiesen, weil ich vor einigen Wochen eine ›kleine Dummheit‹ begangen habe.«

»Ach, ich bin gespannt.«

»Also, ich bin da wohl etwas durchgegangen und habe mir nachts den VW-Bus geschnappt und habe Kontakt zu den Brücken gesucht.«

»Das heißt?«

»Ich wollte mir das Leben nehmen und stand auch schon auf dem Brückengeländer, hielt mich fest und habe nach unten geblickt. Mir erschien in diesem Augenblick alles ganz leicht. Meine älteste Tochter hatte bereits die Polizei informiert und die fand mich später an einer Raststätte. Ich hatte mir an der Tankstelle einige Jägermeister geholt und später bei der Blutentnahme wurden 1,2 Promille festgestellt. Und nun ist der Führerschein weg. Aber ich habe bereits meinen bissigen Anwalt eingeschaltet, der meinte, dass hier noch nicht das letzte Wort gefallen sei. Schließlich bin ich nicht alkoholisiert gefahren und auch der Zündschlüssel steckte nicht, als man mich gefunden hat.«

»Schön, dass du noch lebst. Was war der Grund für die Aktion?«

»Ich glaube, dass mir die Situation zu Hause über den Kopf gewachsen ist. Und an vieles kann ich mich auch nicht mehr recht erinnern. So ist das mit der Diagnose ›Borderline‹ eben. Wenn meine Person kippt, dann entstehen oft zeitliche Lücken, von denen ich nichts mehr weiß. Und jetzt weißt du auch, worauf du dich mit mir einlässt. Du musst das wissen, Marcel.«

»Das geht klar.«

Vladimir umtänzelte mich hüpfend, stets in hohen Tonlagen singend »Das geht klar. Lalala. Das geht klar. Lalala.«

»Danke, dass du so verständnisvoll bist.«

»Sehr gerne, also halten wir den 8. Oktober fest. Ich freue mich.«

»Ich freue mich auch.«

An diesem Abend räumte ich meinen Facebook-Account auf. Das mache ich regelmäßig. Ich löschte alle Beiträge, die für meinen Freundeskreis bestimmt waren, und ließ nur diejenigen stehen, die sich neutral mit meinem literarischem und musikalischem Schaffen befassten und somit öffentlich sind. Ganz nebenbei änderte ich meinen Beziehungsstatus auf »keine Beziehungsinformationen vorhanden«.

Das blieb nicht lange unentdeckt. Als ich am Folgetag im EDV-Raum der Reha-Einrichtung saß, sprang mir eine Nachricht von Fenja ins Gesicht:

»Wieso sehe ich seit heute nur noch dein öffentliches Profil und warum ist dein Beziehungsstatus verborgen?«

»Du siehst nur noch öffentliche Beiträge, weil ich gestern alle anderen gelöscht habe.«

»Ok, das leuchtet ein, beantwortet aber nicht die zweite Frage.«

Tja, was nun? Das Beste war es, nun erst einmal eine scheinheilige Antwort zu geben, da ich es vermeiden wollte, dass wir uns online trennen. Ich hatte mir vorgenommen, an diesem Abend die Katze aus dem Sack zu lassen, und zwar von Angesicht zu Angesicht.

»Ach den Beziehungsstatus, ja den kann ich wieder öffentlich machen, später.«

»Hattest du mir erst nicht neulich versprochen, dass du unseren Beziehungsstatus gänzlich öffentlich machst, damit auch deine ganzen weiblichen Fans davon in Kenntnis sind?«

»Weibliche Fans sind mir derzeit nicht bekannt!«

Betty war kein Fan. Punkt. Außerdem war sie über meine Situation in Kenntnis gesetzt und als Beziehungsstatus hätte dort auch »Eierkuchen« stehen können. Völlig egal.

Auf dem Heimweg schmiedete ich den Plan, mich gleich im Außenbereich meiner angestammten

Kneipe niederzulassen. Es würde nicht lange dauern, bis Fenja vorbei käme.

Und kaum da das zweite Hefeweizen auf dem Tisch stand, kam sie auch schon um die Ecke, nahm mich zur Kenntnis und nahm lächelnd Kurs auf mich. Mein Gesichtsausdruck wurde ernst.

»Ich gehe nur schnell zur Apotheke. Brauchst du was? – Warum guckst du so? Was ist los?«

»Wir haben etwas zu besprechen.«

»Was?«

»Ich habe mich nach reiflicher Überlegung dazu entschlossen, unsere Beziehung endgültig zu beenden. Ich sehe keinen Sinn mehr darin.«

Fenjas Gesicht verlor jegliche Mimik und doch wurden ihre Augen glasig.

»Ich bin gleich wieder da. Bestell mir ein Pils.«

Als sie nur wenige Minuten später zurückkehrte, nahm sie bei mir Platz und wir prosteten uns erst einmal zu. Sie versuchte, gefasst zu sein. Dies gelang ihr mit wechselndem Erfolg. Immer wieder schluchzte sie los. Und genau das war der Grund, weshalb ich mit der Trennung so lange gewartet habe. Ich möchte nicht, dass Menschen unter mir leiden. Und doch würde sie auf Dauer mehr leiden, wenn ich mich nicht trennen würde. Dies war der Augenblick, den ich aus lauter Feigheit so lange vor mir hergeschoben hatte. Um ihren Schmerz nicht unnötig zu verdreifachen, ließ ich Betty als Argument unerwähnt. Wir beschlossen an diesem Abend, unsere endgültige Trennung ordentlich zu begießen. Als es draußen zu kühl wurde, setzten wir uns rein und stiegen alsbald auf Whiskey um. Seelentröster.

»Ich versichere dir, Marcel, das wird die angenehmste Trennung, die du jemals erlebt hast. Ich werde keinen Stress machen.«

Du hättest alles Recht der Welt, es mir richtig unangenehm zu machen, dachte ich. Nichts dürfte ich dir übel nehmen.

Fenja verließ das Lokal vorzeitig und schenkte mir noch etwas Zeit alleine. Ich genehmigte mir noch zwei Whiskey und setzte Betty in Kenntnis.

»Bei mir ist es durch. Ich habe mich getrennt.«

Vielleicht habe ich nicht ganz so fehlerfrei getippt, denn sie merkte kurz daraufhin an:

»Ich habe das Gefühl, dass es dir nicht so gut geht gerade und würde gerne für dich da sein.«

Ich zahlte meine Rechnung, begab mich hinunter an den Rhein, um Betty anzurufen.

Sowie ich sie in der Leitung hatte, gab die frische Luft ihr Übriges dazu. Ich merkte schlagartig, dass ich nicht mehr sprechen konnte. Kein einziger klarer Gedanke war in meinem Kopf. Nie und nimmer hätte ich in diesem Zustand noch anrufen dürfen. Ich wusste, dass ich geredet habe, aber bei Gott, ich weiß nicht mehr was. An den Ausgang des Gesprächs sowie meinen Heimweg hatte ich am nächsten morgen keinerlei Erinnerung. Filmriss. Auweia. Nun kannte Betty mich.

Wurstsalat

Am darauf folgenden Morgen erwachte ich mit dem Gefühl, um Verzeihung bitten zu müssen: bei Fenja, bei Betty, bei der ganzen Welt, jedoch nicht bei mir selbst.

Als ich wenig später mit Betty telefonierte, gab sie sich verständnisvoll und bestätigte mir, dass ich völlig wirres Zeug geredet hätte. Aber das wurde nicht mehr großartig thematisiert. Schwein gehabt.

»Aber weißt du was, Marcel? Ich bin in der Zwischenzeit nicht ganz untätig gewesen und habe ein wenig im Netz recherchiert und musste feststellen, dass du ja recht kreativ unterwegs bist. Und ich habe mir vorgenommen, *dich* zu meinem neuen Projekt zu machen.«

»Wie soll ich das denn verstehen?«

»Ich habe das Problem, dass ich nur sehr schwer lesen kann, weil mir die Konzentration fehlt. Und da habe ich mir einfach mal zwei Bücher von dir bestellt und ich habe mir ganz fest vorgenommen, die zu lesen.«

»Um Himmels Willen! Welche?«

»Den ›Rummelplatz mit Seifenblasen‹ und ›die Friseurin‹.«

»Herrschaftszeiten, tu dir das nicht an. Du bekommst ein völlig falsches Bild von mir. Was immer du da auch lesen wirst, bitte halte dir immer vor Augen, dass das ganz lange her ist und ich da ein ganz anderer Mensch war, als ich es heute bin.«

Wer lacht da?

»Ja ist ja gut, da warst du ein ganz kleiner Junge. Ich versuche, daran zu denken.«

»So, Betty, aber nun einmal etwas ganz anderes. Mir ist das noch viel zu lang, bis zum 8. Oktober. Ich will dich jetzt endlich sehen. Lass uns bitte etwas vereinbaren.«

»Hast recht. Ich würde dich jetzt auch gerne sehen.«

»Kommenden Mittwoch 17 Uhr im Brauhaus!«

»Im Brauhaus? Wirklich da?«

»Ich weiß, das ist alles andere als romantisch, aber ich kenne mich hier, was Kneipen betrifft, auch nicht ganz so gut aus. Die Läden, die ich kenne, in denen läuft halt auch sehr laute Musik und ich denke doch, dass wir uns unterhalten wollen, weil wir uns sicherlich viel zu erzählen haben.«

»OK. Es kann sein, dass ich es nicht ganz pünktlich um 17 Uhr schaffe, aber spätestens 17:30 Uhr bin ich da.«

»Ich werde warten und ich warne dich: Wehe, du bist nicht so aufgeregt wie ich!«

»Oh doch, das bin ich. Sowas mache ich schließlich auch nicht jeden Tag und auch nicht jeden zweiten.«

Ich fand mich bereits um 16:45 Uhr am vereinbarten Mittwoch im Brauhaus ein und nahm schnell einen Tisch in beschlag. Die besten Plätze, im hinteren, etwas abgedunkelten Bereich, waren bereits vergeben. Die teils halbleeren Gläser und schmierigen Teller mit Soßenresten und Senfgeschmiere der vorher anwesenden Gäste waren noch nicht abgeräumt. Klebriger Handpatsch zierte die Oberfläche der rustikalen Holzplatte. Das musste sich schleunigst ändern. Betty hatte derweil angekündigt, es vermutlich doch bis 17:00 Uhr hierher zu schaffen. Es erschien mir äußerst surreal, dass sie gleich tatsächlich durch die Eingangstür, die ich stets im Blick hatte, schreiten würde und wirklich zugegen wäre. Ich bestellte mir ein Sturzbier, um meine Realität zu justieren, und bat die Bedienung darum, den hier anwesenden Unrat möglichst schnell zu beseitigen, informierte sie, dass es hier in wenigen Augenblicken zu einem Date käme, an dem ich beinahe drei Monate gearbeitet hätte.

»Drei Monate? Und dann ins Brauhaus?«

»Schöner könnte ich nicht scheitern, oder?«

»Naja, hat ja auch Geschichte hier.«

»Und wird gleich um eine Geschichte reicher. Vielleicht sogar der Besten«, sagte ich, während ich mir die Bilder namhafter Politiker an der Wand ansah, die zuvor dieses Lokal besucht hatten.

Die recht burschikos anmutende Dame knallte mir herzhaft ein hausgebrautes Bier auf den Tisch, räumte das Geschirr ab, um danach mit einem modrigen Lappen den Schmodder gleichmäßig zu verteilen. ›Wo Schmierschmutz herrscht, verstecken sich Bakterien‹, fiel mir ein alter Werbespruch aus den achtziger Jahren ein, der sich scheinbar in mein Hirn gebrannt hatte.

»Gut so?«

»Passt!«

»Noch'n Bier?«

»En flottes!«

Ich sah mir die klobigen Tischbeine an und malte mir aus, wie es wohl wäre, wenn Betty gleich hineinkäme, ich hastig aufstünde und mich mit meinen Füßen darin verfangen würde, um bei meinem Versuch, ihr eilig entgegenzulaufen, darin verkantete und mich galant auf die Fresse legen würde. Risiko! Ich verfrachtete meine Beine in einen unfallminimierenden Bereich, um dies ausschließen zu können.

Gefahr gebannt. Nun drohte nur noch Ohnmacht. Dagegen war kein Kraut gewachsen.

Mir fallen keine Worte ein, zu beschreiben, was war, als es plötzlich war, wie es war. Sie war da. Sie beendete ein Telefongespräch und betrat das Brauhaus. Unsere Blicke trafen sich, ich stand auf, ging auf sie zu, sie näherte sich mir und wir nahmen uns für eine kleine Ewigkeit fest in den Arm.

»Du riechst so vertraut«, sagte sie.

»Ich kann nicht fassen, dass du da bist«, entgegnete ich.

»Setz dich! Bier?«

»Ja«, sagte sie.

Mir fiel sofort auf, dass sie sich nicht einfach so an den Tisch setzte. Sie verschränkte ihre Beine, dem Schneidersitz ähnlich, auf der Holzbank. Das gefiel mir.

»Wie hast Du mich eigentlich auf Facebook gefunden«, wollte sie wissen.

Das war eine Alles-oder-Nichts-Frage, mit deren Beantwortung ich in jedem Falle suspekt erscheinen würde.

»Ich könnte Dir jetzt erzählen, dass ich Informatiker bin und mit nur wenigen Informationen, alles herausbekomme, was ich will. Andrerseits könnte ich dir auch erzählen, dass ich wochenlang sämtliche Bettys dieser Stadt bei Facebook durchgegangen bin, um dich zu finden. Jede Antwort auf diese Frage würde mich verdächtig machen. Aber weil du fragst, Letzteres ist der Fall. Ich bin ein ganz schlechter Informatiker.«

»Wollt ihr euch nicht an einen anderen Tisch setzen? Hinten ist gerade etwas frei geworden«, sprach uns ein Kellner an. Das kam uns natürlich sehr entgegen, wir nahmen das Angebot an und saßen uns nun an einem Zweiertisch direkt gegenüber. Für den steten Augenkontakt ohne drohenden Hexenschuss unabdingbar.

»Ich hab gesehen, dass du mit dem Guthmann befreundet bist. Das ist mein ehemaliger Hausarzt.«, ließ ich Betty wissen. Sie hielt sich, peinlich berührt, die Hände vors Gesicht und sah mich durch gespreizte Finger an.

»Oh je, mit dem war ich einmal zusammen. Ein solcher Narzisst.«

»Diesen Eindruck hatte ich auch von ihm, weshalb er auch mein *ehemaliger* Hausarzt ist.«

»Er ist ein Nudist, läuft zu Hause meist nackt herum. So hat er mich auch bei meinem ersten Besuch empfangen. Geht gerne in Swingerclubs. Damit wollte er mich aus der Reserve locken. Der Gipfel war jedoch seine überdimensionale Penispumpe, die unter seinem Bett liegt. Aber ich muss trotzdem sagen, dass er als Arzt für meine Tochter immer sehr engagiert war und sehr geholfen hat.«

»Tja, wenn er sich profilieren kann, dann leistet er sicherlich gute Dienste. Mich hat er meist wie den größten Dreck behandelt.«

»Marcel?«

»Ja?«

»Stehst du eigentlich auch auf Männer?«

»Absolut nicht.«

»Ich hatte den Verdacht bei unseren ersten Begegnungen auf dem Markt.«

»Ich bekomme das oft gesagt und wenn ich das Glück in der Form bei Frauen hätte, wie ich Angebote von Männern bekomme, dann hätte ich in *dieser Richtung* ausgesorgt. Ich musste aber leider auch die Erfahrung machen, dass Schwule mir gegenüber kein ›Nein‹ akzeptieren. Sie baggern trotzdem weiter und lassen nicht locker. Mich nervt das etwas. Ich reagiere da auch allergisch drauf, wegen meiner durchlebten Misshandlungen männlicher Artgenossen zu meiner Internatszeit.«

»Wer hat dich da misshandelt?«

»Oberstüfler wie Geistliche, die unsere Erzieher waren, gleichermaßen. Ich war in einem Klosterinternat.«

»Ich habe in meiner Kindheit ähnliche Erlebnisse gehabt, aber nicht im Internat. Auch deshalb bin ich bis heute nicht gesund. Ich habe viel aufzuarbeiten. Wolltest du die denn nicht verklagen?«

»Ich hatte kurz darüber nachgedacht, als die Sache damals in den Medien so publik wurde. Aber ich hatte dazu nicht die Kraft, wollte das nicht noch einmal aufleben lassen. Zudem hatte ich den Eindruck, dass auch einige Trittbrettfahrer damals mit auf den Zug aufgesprungen sind. Und mal ganz ehrlich, wie soll ich fünfunddreißig Jahre später die Beweise erbringen?«

»Verstehe ich. Ich fange ab Januar mit EMDR-Therapie an, um der Sache auf den Grund zu gehen.«

»Hab ich hinter mir. Hat mir nichts gebracht.«

»Na du machst mir ja vielleicht Hoffnung.«

»Es kann ja sein, dass es dir hilft. Es war möglicherweise nicht meine Therapie. Ich bemühe mich gerade darum, eine tiefenpsychologische Therapie zu bekommen. Anderthalb Jahre Verhaltenstherapie haben bei mir keine Veränderungen bewirkt. Verhalten kann ich mich, wenn es auch Kraft kostet.«

Betty lacht.

»Verhaltenstherapie war bei mir auch vergeblich. Übrigens, deine Art, wie du sprichst, beeindruckt mich unglaublich. Das zieht mich sehr an. Und ich habe das Gefühl, dass du mich sehr spiegelst.«

»Das war mein Eindruck, als wir den ersten Augenkontakt auf dem Markt hatten.«

»Und darf ich erfahren, was du eigentlich von mir willst?«

Der Kellner servierte frische Getränke, *beugte sich zu mir und flüsterte mir zu* »Pass genau auf, was du jetzt sagst.«, *nahm die rote Pappnase aus seinem Gesicht und sagte* »Wohl bekomms.«

»Ich möchte mit dir zusammen sein!«

»Und warum, warum ausgerechnet *mich*? Du könntest doch jede andere haben.«

»Das stimmt nicht. Und *jede andere* interessiert mich auch nicht.«

»Ein wenig hatte ich ja die Hoffnung gehabt, du würdest mich heute Abend kennenlernen und dann anschließend sagen ›och nö, lass mal lieber gut sein‹.«

»Vergiss es. Schlag dir das komplett aus dem Kopf.«

»Entschuldigst du mich einen Augenblick?«

»Selbstverständlich.«

Betty stand auf und während sie Kurs auf die sanitären Anlagen nahm, blieb sie neben mir stehen, senkte ihr Haupt und küsste mich, zunächst etwas zaghaft, dann intensiv.

»Bis gleich«, sagte sie, bevor sie nach einem Augenzwinkern die Kellertreppe hinunterging und mich perplex für wenige Minuten alleine ließ. Da fiel mir etwas ein.

»Übrigens, jetzt kann ich Dir ja meine Genesungskarte überreichen. Am Stand muss ich die ja nicht mehr abgeben.«

In der Zwischenzeit hatte sie in meiner Tasche zwar etwas gelitten, das schadete der darin enthaltenen Botschaft aber nicht.

»Wow, sogar mit Siegel. Es ist gut, dass du sie nicht der Rieke überreicht hast. Sie hätte mich nie ungeöffnet erreicht. Die ist so neugierig und will grundsätzlich alles wissen.«

Als Betty mein Bastelwerk öffnete und meine Zeilen las, wirkte sie sichtlich gerührt und ich meine auch leicht glasige Augen bei ihr gesehen zu haben.

»Ist das schön. Ich danke dir.«

»Sehr gerne.«

»Du sag mal, ich kann es ja immer noch nicht begreifen, dass du solange in einer Beziehung ohne Körperkontakt gelebt hast. Für mich ist das enorm wichtig und ich bin auch sehr leidenschaftlich. Man kann darüber so viele Dinge klären, die man in Gesprächen nicht regeln kann.«

Somit hatte Betty den Fokus auf ein wichtiges Thema gelenkt. Etwa einen Meter entfernt von uns, saß einsam ein sehr betagter Mann und stocherte in seinem Wurstsalat. Natürlich konnte er jedes Wort deutlich verstehen, als Betty und ich uns nun recht offen über erotische Belange unterhielten. Zeitweise erstarrte seine Miene. Seine Ohren begannen zu glühen, ob der unanständigen Worte, die durch den Raum tänzelten. Er vergaß zu kauen, nachdem er sich eine Gabel fein geschnittener Jagdwurst mit roten Zwiebelringen und Gürkchen in den Mund geschoben hatte. Einerseits tat er mir leid, andrerseits hatte es auf mich jedoch einen enormen Anreiz, das Gespräch mit Betty aufrecht zu erhalten.

»Sollen wir noch wo anders hingehen«, fragte Betty.

»Hast du eine konkrete Idee?«

»Lass uns in ›die Wache‹ gehen.«

Das war ein recht runtergerockter Laden außerhalb des Zentrums. Schön abgedunkelt mit kuschligen Sitzecken. Werktags wenigstens bis zwei Uhr nachts geöffnet. Eine Absteige. Klassischer Absackerladen.

»Gute Idee. Dann entschuldige ich mich auch einmal eben und dann können wir los.«

»Darf ich die Rechnung übernehmen«, fragte Betty.

»Sehr ungern bis auf gar keinen Fall! Ich zahle gleich mit Karte, wenn ich zurück bin.«

Natürlich hatte sie während meiner kurzen Abwesenheit unsere Schuld beglichen. Das gefiel mir nicht, aber sie bestand darauf.

»Weißt du, wie wir von hier aus dahin kommen?«

»Ich hab keine Ahnung. Lass uns instinktiv losgehen.«, sagte ich. Betty nahm mich draußen fest in den Arm und stellte fest, dass wir sehr viel gemeinsam hätten und sie glücklich sei, dass wir uns getroffen hatten.

Vielleicht nahmen wir wirklich nicht den direkten und kürzesten Weg, was auch gleichgültig war, schließlich wär es mir auch recht gewesen, die ganze Nacht einfach an Bettys Hand durch die Gassen der Stadt zu schlendern, aber irgendwann sahen wir von weitem die Leuchtreklame der ›Wache‹.

Es herrschte wenig Betrieb. Im hinteren Bereich stand eine schwarze Kunstledercouch mit einem rechteckigen Holztisch. Das war unser Platz.

»Und nun: Whiskey!«, kam es von Betty.

Okay. Okay. Unseren ersten theoretischen Teil hatten wir im Brauhaus abgefrühstückt. Die Couch sollte nun unsere Spielwiese sein, den noch offenen praktischen Teil zu absolvieren. Hatte sie zuvor noch gesagt, dass sie sehr leidenschaftlich sei, durfte ich nun erfahren, dass sie damit nicht gelogen hatte. Auch wenn sich der Laden zunehmend mit Gästen füllte, das Publikum stellte für sie kein Hindernis dar. Ich fand heraus, dass sie es mochte, wenn man an ihren Haaren zog. Berührungen im Nacken lösten explosionsartige Regungen in ihr aus. Ich spürte etwas Hartes und Spitzes an meinem Oberschenkel. Eine Metallfeder des Sitzmöbels hatte meine Hose zerrissen. Ein wenig sorge bereitete mir der Gedanke, dass Betty dies zum Anlass nehmen könnte, mir das ganze Hosenbein abzureißen, falls sie darauf aufmerksam werden würde. Sie presste mich an ihre Brüste, nahm meine Hände und forderte diese auf, sie an intimen Körperstellen zu berühren. Mehrfach schlug sie mit ihrem Kopf ans Fensterbrett.

»Komm, wir gehen eine rauchen«, versuchte ich die Lage zu entschärfen.

»Ok.«

Vor der Türe standen ein paar Jungs Anfang der zwanziger Jahre und unterhielten sich angeregt übers Kiffen. Betty stieg sofort in den Dialog mit ihnen ein, während ich hinter ihr stand und ihre Pobacke knetete. Sie war kommunikativ und äußerst aufgeschlossen. Ich wusste, dass ich es hier mit einer

Frau zu tun hatte, auf die man auch etwas aufpassen muss.

»Komm, wir trinken noch einen Whiskey und dann machen wir uns auf den Heimweg. Meine Tochter macht sich sicherlich auch bald Sorgen.«

Als Betty auch hier wieder die Rechnung beglich, weil es nicht die Möglichkeit gab mit Karte zu bezahlen, stellte sie fest, dass wir an diesem Abend einhundertfünfzig Euro versoffen hatten. Für das erste Date wahrlich keine schlechte Leistung.

»Ich bringe dich zum Bahnhof.«, sagte ich pflichtbewusst.

»Das musst du auch. Ich fühle mich da nicht wohl.«

»Und ich warte, bis deine Bahn kommt und du eingestiegen bist.«

Draußen war es bitterkalt und feucht.

»Wie kann man sich nur zu dieser Jahreszeit verlieben, wo die Möglichkeiten so eingeschränkt sind.«, kritisierte Betty.

»Dann müssen wir improvisieren. Uns fällt bestimmt etwas ein.«

»Wenn es nach mir ginge, dann würden wir kommendes Wochenende abhauen und uns irgendwo ein Hotel nehmen.«, phantasierte sie.

»Dann machen wir das. Übermorgen, von Freitag bis Sonntag. Ich suche morgen etwas heraus, schicke dir einen Vorschlag und wenn dein ›OK‹ kommt, dann mache ich das dingfest und wir sind weg.«

Es war halb zwei in der Nacht, als Bettys Bahn kam und unser Abend zu Ende ging.

»Große Abschiedsszenen sind nicht meins«, erklärte ich ihr.

»Wir sehen uns übermorgen wieder. Dazwischen bleiben wir in Kontakt, oder?«

Natürlich blieben wir das. Die Türen der U-Bahn schlossen sich und kurz darauf war Betty in den dunklen Katakomben unter dieser Stadt verschwunden. Mir blieben noch drei Stunden Schlaf, als ich zuhause ankam und weil mein Körper damit beschäftigt war, biochemische Explosionen höchster Güte zu bescheren, wachte ich tatsächlich trügerisch ausgeschlafen am nächsten Morgen auf. Willkommen, neue Welt.

Wochenendtrip

Wir waren am Freitag um 11 Uhr an einem Bahnhof außerhalb des Zentrums verabredet. Ich hatte ein Ziel ausgewählt, das mir einerseits heimatlich verbunden war, und das auch nicht allzuweit entfernt lag. Schließlich wollten wir das Wochenende nicht in Zugabteilen verbringen. Meinen Vorschlag, nach Mönchengladbach, meiner Geburtsstadt, zu fahren, hatte Betty angenommen. Bei ihrem erwachsenen Sohn, der ebenfalls in Mönchengladbach wohnte, ist Betty zuvor ein wenig in Ungnade gefallen, da sie versucht hatte, in seiner Wohnung für uns eine Unterkunft zu besorgen. Das hatte wohl ein wenig Zündstoff im Gepäck. Mir persönlich war es aber auch viel lieber, in einem Hotel unterzukommen und im Besitz eines Zimmers zu sein, in dem wir alleine sein konnten und auf niemanden Rücksicht nehmen mussten. Bei der Auswahl des Domizils war mir eine gewisse Infrastruktur sehr wichtig. Das Vorhandensein eines Saunabereichs war verpflichtend. Ich saß bereits gegen 10:45 im Innenbereich des Bahnhofs, weil es mich eilig von zuhause herausgezogen hatte. Ich glotzte wechselnd auf meine Armbanduhr und den offenstehenden Kiosk.

Genau wie bei unserem ersten Treffen erschien Betty telefonierend am Bahnhof und beendete ihr Gespräch beim Durchschreiten der Eingangstür. Bewaffnet mit einem Trolli (erstaunlich wenig Gepäck für eine Dame), kam sie auf mich zu.

»Guten Morgen du Süßer.«

Na, wie klang das wohl in meinen Ohren?

»Guten Morgen du Hübsche.«

Standesgemäß umarmten und küssten wir uns.

»Wir haben noch ein wenig Zeit. Unsere Bahn kommt um 11:18. Soll ich uns am Kiosk etwas zu trinken holen?«, fragte ich.

»Gerne, worauf hättest du denn Lust? Kaffee?«

Betty zögerte.

»Worauf hättest *du* denn Lust?«

Auch ich zögerte einen Augenblick, bevor ich meinen Mut zusammenraufte und vorschlug:

»Also ich könnte uns auch ein Bier holen, so gegen die Reiseübelkeit.«

»Ok, da bin ich bei.«

Trottelig ging ich zum Kiosk. Ich mag es nicht, wenn ich das Gefühl habe, von hinten beobachtet zu werden. Ungeschickt fingerte ich ein paar Münzen aus meinem Portemonnaie und bezahlte unsere Getränke.

»Glücklicherweise gibt es nachher in Gladbach Altbier. Das ziehe ich dieser Plörre hier jederzeit vor.«, schwärmte ich.

»Ich mag das auch gerne. Ich hab übrigens eben noch mit meinem schwulen Freund aus Berlin telefoniert und von unserem Wochenende erzählt. Er meinte, ich solle mal ›Schwanzbilder‹ schicken.«

»Soweit kommt das noch.«

»Ja und außerdem wird zwischen uns beiden ja ohnehin nichts laufen.«

»Dann lecke ich im Hotelzimmer halt den Kalk von der Wand.«

»Das kannst du gerne tun.«

»Hast du das zuhause gut verkaufen können, dass du dieses Wochenende weg bist?«

»Ich hab einfach gesagt, dass ich jetzt mal ein Wellnesswochenende nötig hätte. Was hast du gesagt?«

»Mönchengladbach habe ich als Ziel genannt. Meine Begleitung habe ich unerwähnt gelassen. Hab ich dir schon gesagt, dass du toll aussiehst?«

»Nein.«

»Aber jetzt. Auf mich wirkt das alles noch ganz surreal, was hier gerade passiert.«

»Oder? Vorgestern das erste Treffen und schon sind wir ein Wochenende gemeinsam unterwegs. Weißt du eigentlich, wo das Hotel genau ist?«

»Laut Anfahrtsplan etwa 1,4 Kilometer vom Hauptbahnhof entfernt, das wären zehn Minuten Fußmarsch. Zur Not nehmen wir ein Taxi.«

»Wir können ja auch erstmal zum ›alter Markt‹ hochgehen und uns irgendwo hinsetzen.«

»Das ist vermutlich sogar sinnvoll, denn Check-in ist erst ab 15 Uhr.«

Unsere Bahn kam pünktlich, dafür tuckerte sie behäbig. Aber Arm in Arm und aneinandergelehnt, erschien mir die Fahrt fast viel zu kurz. Ich hätte noch viel länger in dem Zustand verharren können.

In Mönchengladbach regnete es. Ideale Voraussetzungen für ein Kuschelwochenende. Ich war erstaunt darüber, wie menschenleer die Hindenburgstraße war. Leerstand auch in gefühlt jedem dritten Laden. Was war aus der Stadt geworden, die ich aus jüngeren Tagen als so belebt in Erinnerung hatte? Unsere Rollkoffer machten tüchtig Lärm auf dem Kopfsteinpflaster und das war nahezu das einzige Geräusch, was hier zu hören war.

Auf dem Weg zum ›alter Markt‹ hockte auf der linken Seite eine bettelnde Obdachlose, die in eine Wolldecke eingehüllt war. Betty ließ es sich nicht nehmen, sie anzusprechen, sie nach dem Grund ihrer Lage zu befragen, Zukunftsoptionen mit ihr zu erörtern und ihr eine Bargeld- und Zigarettenspende zu hinterlassen.

»Da kann ich nicht einfach dran vorbeigehen. Das mache ich immer«, sagte sie.

Na wenn ich das vorher gewusst hätte, dann hätte ich mich einfach mit einer Decke vor den Gemüsestand positioniert und wir wären heute bereits verheiratet, dachte ich.

Wir entschieden uns dazu, im ›Cannape‹ platz zu nehmen und bestellten zwei große Bolten-Alt.

»Möchtest du nicht schon was essen?«, fragte Betty fürsorglich.

»Nein jetzt noch nicht. Und da sind wir auch schon bei einem speziellen Thema, was mich betrifft.«

»Ach tatsächlich? Was ist denn?«

»Für mich ist gemeinsames Essen ein äußerst intimer Prozess. Ob ich mich in der Umgebung eines Menschen wohlfühle, wird maßgeblich dadurch bestimmt, ob ich mit ihm gemeinsam essen kann. Es stellt für mich eine enorme Herausforderung dar, mit mir fremden Menschen an einem Tisch zu sitzen und zu essen. Ich beginne dann zu zittern und habe mit Messer und Gabel keinen Umgang mehr. Und wenn ich die Schmatzgeräusche anderer Leute höre, dann balle ich Fäuste in den Taschen. Ich denke bereits jetzt mit Grauen daran, im Januar mein Langzeitpraktikum beginne und habe einen mordsmäßigen Bammel davor, dass ich dort mittags mit den neuen Kollegen essen gehen muss. Das wird der erste Moment sein, an dem ich dort unangenehm auffallen werde.«

»Kann ich in Teilen nachvollziehen. Aber wir werden gemeinsam essen. Heute Abend und morgen auch. Und vergiss nicht, wir werden auch zweimal gemeinsam frühstücken.«

»Ich kann mir vorstellen, dass ich das mit dir hinbekomme. Und falls ich irgendwie merkwürdig dabei erscheine, weißt du ja jetzt Bescheid.«

»...dass du dich dann nicht mit mir wohlfühlst!«

»Hmm, jetzt hab ich was gesagt und bin natürlich doppelt getriggert. Aber lass uns doch einfach einmal abwarten. Komm, wir trinken noch was.«

»Für mich ein Kleines bitte.«

»Dann bestelle ich mal direkt ein Taxi mit.«

Als wir wenig später ins Taxi stiegen und dem Fahrer unseren Zielort mitteilten, lachte er ein wenig, drehte das Radio mit unsäglicher Musik laut auf, rollte gefühlt fünfzig Meter den Berg hinunter und das Hotel lag zu unserer rechten Seite. Für diesen kleinen Fauxpas belohnten wir ihn mit zehn Euro.

An der Rezeption wurde uns das Zimmer 708 zugewiesen.

»Haben sie noch irgendwelche Fragen«, wollte die junge Dame wissen.

»Wie sind die Öffnungszeiten der Sauna?«
Diese Frage interessierte uns beide.

»Am Wochenende durchgehend zwischen 10 Uhr morgens und 1 Uhr nachts.«

»Na, da werden wir schon einen Zeitpunkt finden«, glaubte ich.

Als wir mit dem Aufzug die siebte Etage erreichten und über den roten Teppich des langen Korridors auf der Suche nach unserem Zimmer schlichen, flüsterte Betty:

»Das ist so leise hier!«

Ich dachte kurz darüber nach laut »WAS?« zu brüllen, verzichtete aber darauf.

Beim Betreten des Zimmers bemerkten wir als erstes die enorm hohe Raumtemperatur in Kombination mit abgestandener und stickiger Luft. Somit beschäftigte ich mich erst einmal mit der Bedienungsanleitung des Thermostats, was jetzt gar nicht so trivial war, regelte von 23 auf 19 Grad herunter (weniger ging nicht) und riss die Fenster auf, um dem Straßenlärm Einzug zu gewähren. Die Ausstattung war

OK, aber keine Bibel im Nachtschränkchen. Das würde Betty später noch beanstanden, merkte sie an. Wir packten unsere Utensilien ins Bad und richteten uns grob ein. Weil es keine Minibar gab, hatten wir uns Getränke aus dem Automaten im Foyer mitgebracht. Betty testete die Matratze.

»Die Lücke ist voll scheiße!«, merkte sie an, schloss die Fenster, zog die Gardinen zu und machte gedämpftes Licht an. Ich wusste, was nun geschehen würde.

»Ich mach Musik an«, sagte ich, um noch etwas Zeit hinauszuzögern, holte meinen Bluetooth-Lautsprecher aus meinem Rucksack, durchwühlte mein Musikarchiv nach adäquater Beschallung und entschied mich für ›Sonic Groove Releases Pt.2‹ von ORPHX. Ich war aufgeregt. Betty spürte das. Wie konnte es sein, dass ich mich mit der Gemüseverkäuferin, nach der ich so lange geforscht hatte, jetzt plötzlich in einem Hotelzimmer in Mönchengladbach befand? Wieso hat das alles geklappt? Und nun, so dachte ich, müsste ich schon den besten Liebhaber vor dem Herrn abgeben, um diese Errungenschaft auch behalten zu können. Wenn ich jetzt versagte, dann wäre alles aus. Und mit diesem Gedankenkarussel im Kopf spürte ich, wie sich in mir sämtliche Kapillargefäße zusammenzogen und

mein Körper zwar nach gewissen Startschwierig-
keiten einen Teil seiner Aufgabe erledigen konnte,
von einem Meisterwerk, das ich hier abgeliefert
hätte, konnte aber auf gar keinen Fall die Rede sein.
Betty fühlte sich unglaublich gut an. Warm, weich,
zart. Sie schmeckte paradiesisch und duftete süß.
Mir war, als bestünde mein erfülltes irdisches Glück
darin, einfach an ihrem Körper zu liegen und mich
daran festzuhalten. In diesem Moment brauchte ich
nicht mehr und das war schon so viel.

»Du musst dich entspannen. Loslassen. Dir kann
nichts passieren«, flüsterte sie verständnisvoll.

»Ich brauche dafür Zeit. Sobald bei mir Gefühle im
Spiel sind, funktioniere ich nicht auf Anhieb. Und
ehrlich gesagt, hatte ich fest damit gerechnet, dass
das erste Mal so verlaufen würde.«

»Und deshalb ist es auch so gekommen. Aber das
soll an diesen Tagen ja auch nicht im Vordergrund
stehen. Wir haben uns doch nicht vorgenommen in
ein ›Fickwochenende‹ zu reisen, sondern wollen uns
kennenlernen.«

Beruhigende Worte. Sie hatte vollkommen recht mit
dem, was sie da sagte. Überhaupt hatte Betty immer
einmal wieder Argumente auf den Lippen, die mich
überraschten. Bei denen selbst ich alter Besserwisser
innehalten musste, um mir einzugestehen, dass das

was sie sagte, richtig ist und keinen Widerspruch meinerseits zuließe.

Wir ruhten uns ein wenig aus und dösten löffelnderweise ein. Holy Shit!

Am frühen Abend machten wir uns startklar, um etwas essen zu gehen. Betty hatte aber noch eine glorreiche Idee:

»Ich rufe mal kurz meinen Sohn an und sage ihm, dass ich in Mönchengladbach bin. Vielleicht kann ich mich ja morgen einmal mit ihm treffen. Nur fünf Minütchen. Ich stelle das Telefon auf laut, dann kannst du wenigstens mal seine Stimme hören.«

»Na, wenn er nichts dagegen hat, dass ich mithöre.«

»Da wird er sicher von ausgehen.«

Das Telefongespräch entwickelte sich zunächst sehr zögerlich, Bettys Sohn, ich möchte ihn Till nennen, schien verärgert. Nur allmählich gab er preis, dass er sich nur wenig zuvor über einen ›Kollegen‹ aufgeregt hätte, mit dem er aneinandergeraten war. Nachdem Till sich etwas warm geredet hatte, entwickelte er einen enormen Redefluss. Die Intonation seiner Stimme war von latenter Aggression begleitet. Als Betty ihm mitteilte, dass sie sich gerade in einem Hotel in Mönchengladbach befinden würde, ahnte er, dass sie nicht ohne Begleitung unterwegs wäre und holte zu einem radikalen Rundumschlag aus:

»Dass du auf die Idee gekommen bist, mit diesem Typen in meine Wohnung zu wollen, ist das Allerletzte. Wahrscheinlich ist der Pisser jetzt auch mit dir im Hotel. Komm bloß nicht auf die Idee, mir den vorstellen zu wollen. Ich hab die Schnauze voll, mir jetzt wieder eine neue Hackfresse einprägen zu müssen.«

»Aber du tust ja fast so, als käme ich ständig mit einem Neuen daher«, argumentierte Betty.

Till zählte eine Handvoll Namen von Männern auf, mit denen Betty wohl partnerschaftlich verbunden war. Ich hatte überhaupt keine Lust, mir diese Scheiße anhören zu müssen und zog meine Jacke an, um draußen eine Zigarette rauchen zu gehen, bis dieses Gespräch zum Ende gekommen wäre.

»Bleib hier! Bitte bleib hier!«, bat Betty mich.

»*Hör ganz genau hin,« forderte Vladimir mich auf. »Das tut jetzt weh, aber es ist wichtig.*«

Ihrem Wunsch entsprechend setzte ich mich wieder auf die Bettkante und ließ die Tortur über mich ergehen.

»Aber die Namen, die du da genannt hast, die betreffen doch einen Zeitraum von zwanzig Jahren! Du stellst mich ja hier da, als wäre ich eine Hure.

Das geht mir zu weit und das muss ich mir auch nicht bieten lassen.«, verteidigte Betty sich.

Doch das half nichts. Till wechselte in einen Monolog , kotzte sich nach allen Regeln der Kunst aus, hasserfüllt, wütend, frustriert. Er redete so lange, bis der Akku von Bettys Mobiltelefon erschöpft war und der Vortrag nach etwa fünfzig Minuten abrupt abbrach. Beschämt drehte ich mich zu Betty um und sah, wie sie da auf dem Bett lag, den Kopf nach links gewendet und bitterlich weinend. Wie sollte ich sie nun trösten, ohne nicht in ein Wespennest zu treten? Dieser Abend war wohl gelaufen, dachte ich.

»Vielleicht solltet ihr beide morgen einmal in Ruhe miteinander reden« , glaubte ich, die Situation entschärfen zu können.

»Ich werde mich auf keinen Fall mit ihm treffen. Das Thema ist gerade durch. Wir werden jetzt gleich auch essen gehen. Gib mir ein paar Minuten, dann mache ich mich fertig.«

Die in ihr aufgekeimte Trauer, bekam Betty den gesamten Abend nicht mehr aus dem Gesicht. Sie wirkte angeschlagen, müde und kämpfte stets mit den Tränen. Und doch versuchte sie, als wir etwas später in einem Wirtshaus saßen, über ausweichende Themen zu reden. Ich merkte aber auch, dass diese Bemühungen sie sichtlich anstrengten.

Mit mäßigem bis kaum vorhandenem Appetit gelang es mir, zitterfrei zu essen; Messer und Gabel hielt ich sicher in der Hand. Rumpsteak mit Senfkruste, Bratkartoffeln und Beilagensalat. Betty bevorzugte einen Salatteller mit gebratenen Champignons. Im Anschluss wechselten wir noch einmal ins Cannape, um uns für diesen Abend die Lampen auszuschießen. Mit einer heißen Liebesnacht war nicht mehr zu rechnen. Das war auch nicht wichtig. Wir schliefen dicht beieinander und ich genoss es, sie einfach zu berühren. Vereinzelt stammelte sie ein paar Laute im Schlaf, oder knirschte mit den Zähnen. Da war ganz schön was los in ihrem Kopf. Die Arme.

Ich stand früh auf, um mir die Zähne zu putzen. Ist doch klar oder? Betty lag noch in derselben Position, in der sie am Abend eingeschlafen war. Als hätte sie sich keinen Millimeter gerührt. Beim Versuch, sie vorsichtig wachzuküssen, musste ich feststellen, dass sie nach süßen Möhrchen roch. Ihr Haar war etwas zerzaust, aber auch dass hatte einen enormen Attraktivitätsfaktor. Wir holten nach, was wir in der Nacht versäumt hatten. Es lief ein wenig runder. Aber Luft nach oben blieb immer noch. Gut so.

Auf dem Weg zum Frühstückssaal, während wir über den roten Teppich des Korridors schlichen, flüsterte Betty:

»Das ist so leise hier!«

Irgendwann würde ich es doch noch brüllen, das laute »WAS?«

Auch zu frühstücken gelang mir mit ihr. Als hätten wir unser Leben lang nichts anderes getan. Sie bevorzugte, genau wie ich, am morgen herzhafte Kost zu sich zu nehmen und mit etwas Obst abzuschließen.

»Spielt Mönchengladbach denn nicht dieses Wochenende«, wollte sie wissen und berührte damit das Herz meiner Fußballseele.

»Heute! 15:30 Uhr.«

»Gegen wen?«

»Leverkusen!«

»Sollen wir Fußball gucken gehen?«

»Hast du da etwa Freude dran?«

»Durchaus!«

Wahnsinn!

»Wenn Gladbach heute Abend gewinnt, sind sie Tabellenführer. Wo könnte man das besser abfeiern, als in Mönchengladbach selbst?«

»Dann machen wir das. Können uns ja im Anschluss einfach noch etwas im Zimmer ausruhen und dann zum Nachmittag zum ›alter Markt‹ gehen.«

»Vermutlich Cannape?«

»Warum nicht?«

»Sauna bekommen wir dann wohl nicht mehr untergebracht, es sei denn, wir würden morgen vor der Abreise noch mal reingehen wollen. Aber das könnte knapp werden. Um 12 Uhr müssen wir hier raus sein.«

»Schauen wir mal. Wir machen das zwanglos.«
Unser Zimmer war bereits aufgeräumt und die Bettwäsche glattgezogen. Aus dem Getränkeautomaten nahmen wir uns Mineralwasser (!) mit in unser kleines Reich. Nachdem Betty die Gardinen zugezogen und für etwas mehr Gemütlichkeit gesorgt hatte, warf sie einen Blick auf ihr Handy. Till hatte sich wohl mit der Frage gemeldet, weshalb sie das Gespräch gestern abgebrochen hätte. Sie klärte ihn über den zur Neige gegangenen Akku auf und betonte, dass es wohl auch ganz gut war, dass das Gespräch dadurch beendet gewesen wäre. Ihre mütterliche Liebe bekundete sie ihm zudem. Wie schön, dass es hier zumindest im Ansatz etwas Beruhigung gab. Während wir uns hinlegten und miteinander redeten, bemerkte Betty in einer Randnotiz, dass sie gerade dabei wäre, sich richtig in

mich zu verlieben. So und nicht anders sollte es schließlich auch sein. Um diese Information bereichert, war es mir ein Leichtes, bis zum Nachmittag etwas zur Ruhe zu kommen. Das war bitternötig, denn der nun folgende Abend, würde es richtig in sich haben.

»Schlaf Kindchen schlaf«, begleitete mich Vladimir in einen süßen Dämmerzustand.

Wohlwissend, dass Sitzplätze an diesem Fußballabend ein rares Gut waren, fanden wir uns bereits gegen 15 Uhr im Cannape ein. Die blonde Bedienung, die übrigens auch Betty hieß und wohl so um die 23 Jahre alt war, war mit unseren Gesichtern bereits vertraut und wies uns einen Tisch mit Sicht auf die Bildschirme zu. Erwartungsgemäß wurde es brechend voll. Als Bedienungsbetty (ja, das wird jetzt kompliziert) uns zum wiederholten Male mit Getränken belieferte, zwinkerte sie mir im Weggang lächelnd zu.

»Ey, die flirtet mir dir«, echauffierte sich Herzensbetty in pikierter Heiterkeit.

»Nun lass sie doch. Weder mein Beuteschema noch mein Alter. Und jeder, der uns hier sieht, sollte wohl umgehend erkennen, was sich zwischen uns abspielt.«

»Ist das so?«, übrigens eine von Bettys Lieblings-fragen.

»Ja«, antwortete ich und rückte etwas näher an sie heran, um ihr den Nacken kraulen zu können.

Mit dem 1:0 für Borussia Mönchengladbach kam Stimmung auf. Wenn ich mir diese Spiele in der Stadt, in der ich lebe, ansehe, dann geht es dort eher gediegen zu. Hier fühlte es sich an, als stünde Deutschland im Endspiel der Fußballweltmeister-schaft. Die aufkochende Euphorie bildete die per-fekte Kulisse für das, was auf der Bühne zwischen Betty und mir stattfand. ›Es gibt Momente, in denen stimmt einfach alles. Das Land, die Leute, der Kaffee‹, fiel mir erneut ein alter Werbeslogan ein.

Ich konnte mit Betty (wie oft habe ich diesen Namen eigentlich bisher erwähnt?) Fußball schauen, ohne dass sie Fragen stellte wie ›warum hat der Mann denn da jetzt gepfiffen?‹. Das war toll. Mönchen-gladbach bezwang Leverkusen mit 2:1 und setzte sich an die Tabellenspitze. Somit war klar, dass hier heute Abend noch ordentlich gefeiert werden würde. Unser beider Gesprächsthemen wandten sich derweil vom Fußball ab und ich merkte eine aufkeimende Unruhe in Betty, die sie auch bestä-tigte.

»Du hast doch eine Tavor dabei«, gab ich ihr den dümmsten Hinweis in meiner gesamten Karriere als Hobbyarzt.

»Ach stimmt, dafür ist die da«, antwortete sie, während sie in ihrer Tasche kramte, die Tablette aus dem Blister presste, in zwei Teile zerbrach, wobei sie die eine Hälfte in ihrem Mund verschwinden ließ, und mir die Andere wohlwollend unter die Zunge schob. Wenig später kamen wir versehentlich auf Politik zu sprechen und ich musste ihr ins Wort fallen:

»Ich habe da einen Grundsatz. Ich bin zwar Parteimitglied der LINKEN, aber wenn ich Alkohol getrunken habe, dann rede ich nicht über derartige Themen. Ich bin kein Stammtischpolitiker.«
Bettys Gesichtsausdruck verfinsterte sich. Ihr Blick wurde starr und abwesend. Sie stand schlagartig auf, fluchte etwas Unverständliches und verschwand. Das wird dann wohl der Augenblick sein, an dem ich die facettenreiche Abwechslung und bunte Vielfalt des Borderline-Syndroms kennenlernen dürfte, dachte ich. Ich versuchte, mich in Besonnenheit zu üben. Als Betty jedoch auch nach Minuten nicht zurückkehrte, begann ich mir Sorgen zu machen und wollte draußen nach ihr suchen. In meinen Gedanken sah ich sie bereits völlig verwirrt

durch Mönchengladbacher Seitengassen irren. Ich wartete etwa zehn Minuten vor der Tür, rauchte dabei zwei Zigaretten und hielt Ausschau nach ihr. Sie wollte nicht auftauchen. Als ich das Cannape wieder betrat, sah ich sie etwa 5 Meter von mir entfernt stehen, mich mit leerem Blick ansehend. Sie hielt sich an einem Barhocker fest. Genau so gut hätte sie jetzt in den Fluren des Overlook-Hotels aus dem Film ›Shining‹ mit Jack Nicholson stehen können.

»Sie ist so leise«, dachte ich.

Ich nahm Betty an die Hand und sie ging wortlos mit mir. Mein Ziel war es nun, sie unbeschadet zurück ins Hotel zu bringen. Auf dem Weg dorthin, legte sie sich auf das Heck eines geparkten Autos und zog mich an sich.

»Das ist hier nicht der richtige Ort«, gab ich ihr zu verstehen. Unser Weg führte uns nun durch einen kleinen Park. Als wir in der darin herrschenden Dunkelheit verschwanden, drehte sie sich zu mir um, ballte ihre Fäuste und schlug mehrfach auf meinen Oberkörper ein.

»Moment«, sagte ich, nahm mir die Brille aus dem Gesicht und ergänzte:

»Nun darfst du«, worauf ich mir eine schallende Ohrfeige einfing.

»*Sieht sie nicht ein wenig aus, wie Deine Mutter? Ich meine die Haarfarbe, die Augenfarbe...* «, fragte Vladimir.

»Wenn das jetzt alles war. Das halte ich aus. Und jetzt ab zurück ins Hotel. Ich fühle mich gerade dafür verantwortlich, dass du unbeschadet ins Bett kommst und dich ausschläfst.«

Die Tavor schlug auch bei mir an. In Kombination mit dem reichlich geflossenen Alkohol, ein heimtückischer Zustand. Als wir die Rezeption erreichten, stellte Betty fest, dass die Sauna noch geöffnet war.

»Ich will in die Sauna«, sagte sie.

Mir war völlig bewusst, dass die Situation deutlich mehr Eskalationspotenzial hätte, wenn ich nun versuchen würde, sie davon zu überzeugen, dass das keine gute Idee wäre. Also verlangte ich beim Concierge nach Handtüchern, Bademänteln und Badeschlappen. Er hätte dringend intervenieren müssen, wenn er unseren Zustand richtig einschätzte. Der Kunde mag König sein, aber man muss ihn auch davon abhalten, sich selbst zu enthaupten.

Im Wellnessbereich befand sich außer uns beiden niemand mehr. Wir entledigten uns der Leibeskleider und gingen in die mit 90 Grad Celsius beheizte Schwitzhütte. Beim Versuch, Betty anzusprechen und ihren Bewusstseinszustand zu überprüfen, entwichen ihr lediglich ein paar Urlaute. Mein Puls hämmerte im Kopf. Nach etwa fünf Minuten entschied ich:

»So, Betty, das war jetzt lang genug. Wir gehen aufs Zimmer. Wir müssen jetzt auch nicht mehr kalt abduschen.«

Glücklicherweise akzeptierte sie meine Aufforderung widerspruchslos. Aus der Umkleide hörte ich sie rufen:

»Wo bist du, wo bist du?«

Ich holte sie dort ab, verfrachtete sie in den Fahrstuhl und geleitete sie durch den Hotelflur.

»WAS??«, rief ich einmal laut und Betty erschrak kurz. Beim Betreten unseres Hotelzimmers überkam mich das Gefühl unendlicher Erleichterung. Trotz eingefahrener Substanzen war bei mir ein Notstromaggregat angesprungen. Ich danke meinem Schutzengel, aber der ist ja auch reichlich erprobt mit mir. Absoluter Vollprofi. Gute Nacht!

Kaum zu glauben, wie friedlich Betty am nächsten morgen da lag und zögerlich aufwachte.

»Guten Morgen Hübsche. Na, kannst du dich noch an den Ausgang des gestrigen Abends erinnern?«

Sie schüttelte den Kopf und kniff dabei fest die Augen zusammen.

»Was habe ich gemacht?«

Ich hatte eine kleine Geschichte zu erzählen, die Betty sichtlich fassungslos zurückließ.

»Alles halb so wild. Ist ja gutgegangen. Ich war ohnehin gespannt, wie das sich so gestaltet, wenn deine Persönlichkeit ›switcht‹. Es war mir wichtig, das kennenzulernen. Denn nun kann ich ja beurteilen, ob ich damit zurechtkomme. Und meine klare Antwort lautet ›ja‹.«

»Und da bist du dir natürlich ganz sicher...«

Ich konnte es leider nicht schaffen, Betty von ihren mutmaßlichen Schuldgefühlen gänzlich zu befreien und wenn sie glaubte, mich durch das, was geschehen war, tatsächlich davon zu überzeugen, Abstand von ihr zu nehmen, dann war sie auf dem Holzweg.

Der Tag unserer Abreise war gekommen. Einmal noch gemeinsam frühstücken, einmal noch »Es ist so leise hier« und einmal noch etwa anderthalb Stunden Bahnfahren, um diese Zeit aneinandergelehnt zu verbringen.

»Ich will nicht nach Hause«, sagte sie.

»Ich genau so wenig.«

»Ich werde Thomas nun erklären müssen, was ist. Er denkt nämlich immer noch, dass es wohl irgendwie mit uns weiterginge, wenn wir erst auseinandergezogen sind.«

»Keine schöne Aufgabe. Machst du das heute Abend?«

»Vielleicht, ich weiß es nicht.«

Beim Check-out erkundigte sich Betty, weshalb es keine Bibel in den Nachtschränken gäbe.

»Wir sind eine israelische Hotelkette.«, sagte die Dame, während ich ihr meine Kreditkarte überreichte. Das klang logisch.

Ich glaube, etwa gegen 15 Uhr trennten sich unsere Wege am Bahnhof, an dem wir zwei Tage zuvor zu unserem Wochenendtrip aufgebrochen waren. Bitte keine großen Abschiedsszenen. Wir würden uns ja ganz schnell wiedersehen. Bye bye, Black Betty.

Als ich zu Hause eintraf, hatte Fenja während meiner Abreise die Wohnung auf Vordermann gebracht. Alles war blitzeblank und es duftete frisch.

»Na, wie war dein Wochenende in Mönchengladbach?«, wollte sie wissen.

»Fantastisch, ich hatte am Samstag einen unglaublichen Fußballabend.«

She's lost Control again

Ich setzte mich in mein »Aquarium« und starrte sinnbefreit auf den Monitor meines Notebooks. Das »Aquarium« war mein Rückzugsort. Ein Raum, in dem mein Musikkram aufgebaut war, ergänzt durch einen Sekretär, an dem ich befremdliche Bücher schrieb. Eine Glastür bildete die Grenze zum Wohnzimmer, sodass ich auch hier sitzend, nicht wirklich das Gefühl hatte, alleine zu sein. Feng Shui ging anders. Aber immerhin verfügte ich über ein Kinderzimmer.

Als Fenja im Türrahmen stand, holte sie zu einer Frage aus:

»Sag mal, überlegen wir jetzt eigentlich nur noch *ob* oder *wie* wir uns trennen?«

Ich atmete kurz durch, sah in ihre Augen und wusste, dass ich ihr nun wehtun und meinem Trennungswunsch kategorisch zu etwas mehr Ausdruck verhelfen müsste.

»Fenja, ich weiß, dass ich mich auf erotischem Wege dir nicht mehr annähern kann. Und ich wünsche mir, dass du die Gelegenheit hast, in deinem Leben wieder in die Situation zu kommen, jemanden kennenzulernen, der dir das geben kann. Meine Trennung von dir ist unumgänglich.«

Natürlich begann sie zu weinen. Ich legte nach:

»Und einmal ganz ehrlich, glaubst du denn allen Ernstes, dass ich alleine in Mönchengladbach gewesen wäre?«

»Die ›Gemüsefrau‹?«

»Ja!«

»Bist du in sie verliebt?«

»Ja!«

»Endlich gibst du es zu.«

»Ich wollte diese Information eigentlich verbergen, weil es nur noch mehr unnötigen Schmerz verursacht.«

»Aber mir war es wichtig, das von dir zu erfahren. Vorher hattest du das nie zugegeben, wenn ich danach gefragt hatte. Wie lange schon? Das muss doch dann schon im Sommer begonnen haben, als du plötzlich darauf bestanden hast, immer alleine zum Markt zu gehen. Und da hast du mir einfach immer nur von einer ›netten Bekanntschaft‹ erzählt.«

»Was meine Gefühlslage betrifft, war das gelogen.«

»In dieser Richtung warst du immer unehrlich zu mir!«

»Kannst du das als ›Ich-Botschaft‹ formulieren?«

»Scheißkerl! Ich habe wertvolle Jahre meines Lebens verloren, weil ich an dich geglaubt hatte. Vor zwei Jahren, als du mit der Nadja aus dem Westerwald diese Affaire hattest, wäre ein guter Zeitpunkt gewesen, es zu beenden.«

»Vermutlich.«

»Und die Sache mit Katja hätte mich auch wachrütteln sollen.«

Nadja, Katja, Nadja, Katja. Poesie der Sünden. In der untersten Schublade menschlicher Abgründe darf ich mir mein Schlaflager einrichten. Dort, wo die Opferlämmer brannten und die Vorstandsvorsitzende des Teufels höchstpersönlich das Regiment übernahm. Warum reimte sich Betty nicht?

»Wenn du im nicht zu rechtfertigen Selbstmitleid zerfließt, wird, deine Ausdrucksweise sehr klischeehaft«, ermahnte mich Vladimir.

»Hast recht«, musste ich eingestehen.

Ab jetzt war Polen offen. Und ich war gespannt, ob dies tatsächlich noch ›die entspannteste Trennung meines Lebens‹ werden würde.

Harter Szenenwechsel!

»Mjölk«, schrieb Ralf über den Facebook-Messenger.

Ja, ›Mjölk‹, das war so ein Wort phonetischer Abstrusität, entlehnt von einem nordischen Produzenten äußerst haltbaren Knäckebrots. Wenn es nichts zu sagen gab, ging» Mjölk« immer, um einen Dialog zu beginnen. Mit Ralf verband mich eine seit über 35 Jahren existierende enge, wenn nicht die engste Freundschaft, die krisenerprobt war. Mit seiner Frau Claudia, hatte er in Viersen eine Lokalität etabliert, die sich ›Freigeist‹ nannte. Für das, was die beiden da geschaffen hatten, gebührte ihnen Respekt. In einem Zyklus von etwa drei Monaten besuchte ich Ralf, um auf der Depeche-Mode-Party auf der zweiten Area aufzulegen. Ich verwöhnte mein Publikum mit alternativer Musik aus dem Bereich Dark-Wave und Gothic und wenn die Stimmung es zuließ, wechselte ich gegen 1 Uhr nachts über zu Noise und Industrial. Der nächste Termin wäre am 18. November.

»Ich hab mich von Fenja getrennt«, ließ ich ihn wissen.

»Ganz ehrlich Marcel, das wurde Zeit. Als ihr beiden das letzte Mal gemeinsam hier gewesen seid, da wirktet ihr schon wie ›Lollek und Bollek‹.«

»Naja, es gibt aber auch eine kleine Veränderung in meinem Leben, die als ›Antreiber‹ gedient hat, um diesen Schlussstrich zu ziehen.«

»Wer ist es? Nein, warte, lass mich raten. Es ist die ›Gemüseverkäuferin‹, von der du mir schon erzählt hattest, als du vor zwei Monaten hier warst.«

»So ist es. Wir haben das letzte Wochenende gemeinsam in Mönchengladbach verbracht und scheinbar haben sich meine Bemühungen um sie gelohnt.«

»In Mönchengladbach? Warum hast du denn nichts gesagt, dann wären wir mal rumgekommen.«

»Na, das sollte schon eher Zeit für uns sein.«

»Und jetzt ist die ›Drama-Queen‹ verliebt?«

»Oh ja!«

»Das läuft mir etwas zu rund. Die Sache muss einen Haken haben. Hat sie einen an der Waffel?«

»Natürlich ist sie etwas verrückt, aber das macht ja auch unter anderem ihre Anziehungskraft aus.«

»Bringst du sie mit hierhin?«

»Daran arbeite ich. Sicherlich werde ich sie fragen, ob sie Lust hat. Aber sie sollte dann auch willkommen sein.«

»Auch wenn das mit Fenja irgendwo auch etwas traurig ist und sie über die Jahre ja schon irgendwie mit zur ›Familie‹ gehörte, kannst du natürlich deine ›Perle‹ mitbringen. Sie ist jederzeit willkommen.«

»Ich halte dich auf dem Laufenden.«

»Ok, schick mal ein Bild.«

Ich schob ihm eine Aufnahme zu, auf der wir beide zu sehen waren.

»Schick. So eine Frau hätte ich gerne hier hinter der Theke.«

»Vergiss es. Da bleibst du mit deinen Fingern von.«

»Und in deinem Gesicht ist ganz genau zu erkennen, in welchen Sphären du dich gerade bewegst. Aber sie passt sehr gut zu dir.«

»Da kannst du deinen Arsch drauf wetten!«

Betty teilte mir indes mit, dass sie ›ihrem Thomas‹ am Montagabend über die Entwicklung mit uns aufklären wollte und für reinen Tisch sorgen wollte. Es soll nicht unerwähnt bleiben, dass ich völlig nervös auf eine Rückmeldung von ihr wartete, was den Verlauf dieser Angelegenheit betraf. Am noch recht jungen Abend erhielt ich einen Anruf:

»Es ist eskaliert! Kannst du mich bitte in der Notaufnahme der Psychiatrie abholen?«

Die Verbindung war extrem schlecht. Ich hatte Mühen, ihre Stimme durch ein permanentes metallisches Rauschen zu verstehen. In mir kam Panik auf. Ich lief eilig nach draußen auf die Straße, in der Hoffnung, dass sich der Empfang dadurch verbessern würde. Es misslang. Das Gespräch brach ab. Umgehend versuchte ich, sie zurückzurufen. Ohne Erfolg. Als ich versuchte, ihren erneut eingehenden Anruf entgegenzunehmen, versagte mein Handy mir den Dienst. So sehr ich mich bemühte, auf das Symbol des grünen Telefonhörers zu tippen, das Gespräch wollte einfach nicht zustande kommen.

»Wo bist du? Ich brauche dich jetzt!«, schrieb sie via Messenger.

»Ich mache mich auf den Weg. Bin gleich da!«, versuchte ich sie zu beruhigen. Ich wusste nicht mehr, wie man sich ein Taxi bestellt. Zuhause hinterließ ich eine kurze handschriftliche Notiz, dass ich kurz weg wäre. Warum auch immer. Vermutlich, weil es für Verwirrung sorgen könnte, dass ich plötzlich, in einer Stadt, in der ich nicht wirklich über Kontakte verfügte, abends nicht gewohnt in meinem »Aquarium« saß. Nachdem ich unter den Regeln der ›Achtsamkeit‹ zwei oder dreimal tief einatmete, sollte es mir doch noch gelingen, meinen Transport zur Klinik zu organisieren. Dort angekommen, sollte sich eine Szene abspielen, die bei Betty nachhaltigen Eindruck hinterlassen würde.

Sowie sich die schwere Glastür öffnete, gewann mein Gang, der sonst etwas unsicher anmutet, an Stabilität. Zielgerichtet und aufrecht marschierte ich den Gang entlang zum Wartebereich. Eine Schwester im magentafarbenen Kasak nahm mich zur Kenntnis und fragte:

»Wo wollen sie...«

»Ich möchte zu Frau Betty Steinhart«, sagte ich selbstbewusst und wie ich es ausgesprochen hatte, sah ich sie bereits rechterhand sitzen, in Erwartung meiner Erscheinung.

»Ach, da ist sie ja«, stellte ich fest und signalisierte der Krankenschwester über eine Geste mit den Händen, dass ›alles gut‹ sei.

»Was ist passiert«, wollte ich von Betty wissen, nachdem wir uns umarmt hatten.

»Der hat mich einfach eingewiesen, mit der Begründung, ich sei suizidal. Das bin ich aber nicht.«

»So siehst du auch nicht aus. Und das kam als Reaktion darauf, dass du ihm von uns erzählt hast?«

»Ja, aber er übergeht das mit uns. Für ihn ist das nicht passiert. Er will auch nichts über dich wissen.«

»Das ist eine Schutzreaktion. Fast schon nachvollziehbar.«

»Danach wollte ich mich einfach nur hinlegen und meine Ruhe haben. Ich war auch schon etwas eingeschlafen, als dann die Rettungssanitäter da waren und mich mitgenommen haben. Ich kann mich überhaupt nicht daran erinnern, eingestanden zu haben, dass ich Selbstmordgedanken gehabt hätte. Völliger Unsinn.«

»Und was ist jetzt? Sollst du hierbleiben?«

»In der ›Offenen‹ sind gerade keine Plätze frei und in die ›Geschlossene‹ gehe ich auf keinen Fall.«

»Da war ich auch einmal und das hat mir gereicht. Die Gesellschaft dort tut nicht gut. Also willst du gleich wieder nach Hause?«

»Von ›Wollen‹ kann keine Rede sein. Aber wo soll ich denn auch hin? Ich muss ja auch zurück zu meiner Tochter, weil die sich keine Sorgen machen soll. Aber lass uns doch vorher noch etwas trinken gehen.«

»Ok. Gehen wir ins ›Grenzwert‹. Da bekommen wir bestimmt noch was.«

Nachdem Betty den Arztbrief zu ihrer Einlieferung entgegengenommen hatte, brachen wir auf. Natürlich hatte ich schon wieder kein Bargeld dabei. Das Taxi hatte ich mit der Kreditkarte bezahlt. Betty lud mich ein, was mir halbwegs unangenehm war. Nachdem wir beide ein Bier getrunken hatten, wollte sie mit ihrer ältesten Tochter telefonieren und während sie das tat, bestellte ich die nächste Runde. Nach dem Erlebnis, was das Telefongespräch mit ihrem Sohn in Mönchengladbach betraf, wollte ich nun möglichst wenig davon mitbekommen. Und doch entging es mir nicht, dass Betty sagte:

»Und ja, der ist auch jetzt gerade hier bei mir!«

Ich glaube, bei ihren Kindern hatte ich keinen allzu guten Stand. Aber was war ich denn auch? Letztlich ein Phantom ohne Gesicht. Der Grund dafür, dass Betty Thomas nun deutlich signalisierte, dass aus ihnen nichts mehr werden könnte. Wenn sie mich erst einmal kennengelernt hätten, dann dürften sie mich gerne als ›Arschloch‹ bezeichnen, wenn sie mich so sehen würden. Aber solange wir uns noch nicht die Hand gegeben und in die Augen geblickt hatten, verbat ich mir diese pauschale Vorverteilung. Sollte ich ein Unmensch sein, weil ich mich in ihre Mutter verliebt hatte?

Wir beließen es bei zwei Getränken und Betty verlangte nach einem Taxi. Sie hatte recht, der Tag war ausreichend mit Ereignissen geschwängert.

Ich entschloss mich dazu, meinen Heimweg zu Fuß anzutreten. Nachdem wir uns verabschiedet hatten, drehte sich Betty noch einmal zu mir um, bevor sie ins Taxi einstieg und sagte:

»Ich liebe dich!«

Das saß! Nach einer angemessenen Antwort suchend, hielt ich kurz inne und wagte einen Versuch:

»Ich hätte es nicht besser sagen können!«

Dass es zu regnen begann, während ich heimging, störte mich in keiner Weise. Im Gegenteil. So war es genau richtig.

Am darauf folgenden Morgen traf ich die spontane Entscheidung, mir für heute einen Tag Urlaub zu nehmen. Unter Erläuterung der tatsächlich vonstattengegangenen Geschehnisse begründete ich das Vorhaben gegenüber meiner Bezugspädagogin am Telefon.

»Na da haben sich aber zwei Seelen gefunden«, stellte Frau Mross fest.

»Aber wenn etwas so holprig beginnt, dann kann daraus eine sehr innige Bindung entstehen«, ergänzte sie.

»Das ist ganz in meinem Sinne.«

»Erholen sie sich gut. Wir sehen uns dann morgen wieder.«

Wer mich bereits jetzt richtig einzuschätzen vermag, wird wissen, dass ich mich nach einer Information vom Betty sehnte, um zu erfahren, wie es ihr nach ihrer Rückkehr noch ergangen sei. Mit einem kurzen »Alles gut« hätte ich mich durchaus zufriedengegeben. Doch ihre Reaktion blieb aus. Sie würde vermutlich auch erst einmal ausschlafen, beruhigte ich mich selbst. Erst als es bereits 14 Uhr war und immer noch nichts gehört hatte, entschied ich mich dazu, proaktiv die Angelegenheit voranzutreiben, und setzte sie in Kenntnis, dass es mich freuen würde, etwas über den Ausgang des gestrigen Abends zu erfahren. Kurz darauf bekam ich eine Sprachnachricht:

»Hey, ich hab mein Handy gerade erst eingeschaltet. Und jetzt muss ich dir etwas sagen, wovor du vermutlich auch Angst hast. Ich möchte, dass du dich hier und jetzt von mir verabschiedest. Nimm bitte Abstand von mir. Ich bin nicht gut für dich!«

Es war Fenja, die am Nachmittag den Rettungswagen anforderte. Mein Nervenkostüm hatte kapituliert. Aus meinen Heulkrämpfen fand ich keine Befreiung. Ich schlug auf mich selbst ein. Beim Höhepunkt meines seelischen Aussetzers wechselte ich zwischen hysterischem Lachen und kreischendem Geschluchze, als ich bemerkte, dass ich durch den Gang der Psychiatrie geleitet wurde, wo ich in der Nacht zuvor noch als der ›große Retter‹ aufgetreten war. Ich nahm die leere Sitzecke zur Kenntnis, in der Betty und ich uns gestern noch unterhalten hatten. Sie wirkte noch so energiegeladen.

»Möchten sie stationär aufgenommen werden?«, fragte mich der diensthabende Psychiater.

»Sie haben keine freien Betten in der ›Offenen‹ und in die ›Geschlossene‹ gehe ich nicht«.

»Da sehe ich sie auch nicht. Ich kann sie auf eine Warteliste setzen. Sie rufen dann in fünf Tagen wieder an und wir sehen weiter.«

»Herrgott, gib mir eine Valium und gut ist«, dachte ich. Aber der gute Herr machte keinerlei Anstalten in dieser Richtung. Mich jetzt einfach mal für einen Tag runterzufahren, das hätte ich gebrauchen können.

»Sie haben in den letzten Tagen viel Alkohol getrunken, wie sie selbst angeben. Warum?«

»Er ist verfügbar und spendet temporären Trost!«

»Bevor er dann alles noch schlimmer macht!«
Hier war kein Widerspruch zulässig.

»Befinden sie sich in psychiatrischer Behandlung?«

»Ich bin bei Frau Dr. Holmer. Regelmäßig. Mindestens alle zwei Monate.«

»Dann formuliere ich einen Brief. Und mit diesem gehen sie morgen dorthin für die weitere Behandlung. Sie wird sie besser kennen als wir und wissen, was zu tun ist.«

»Nehmen sie regelmäßig Medikamente?«

»Offiziell nehme ich Fluoxetin, Opipramol und Dominal.«

»Was heißt ›offiziell‹?«

»Ich habe bereits vor längerem alles abgesetzt. Ich brauche das nicht mehr.«

»Ich habe einen anderen Eindruck von ihnen.«

»Ja aber unter dem Einfluss der Medikamente hätte ich doch gar keinen Alkohol trinken dürfen«, versuchte ich einen kleinen Witz zum Besten zu geben. Das kam nicht sonderlich gut an.

Auf dem anschließenden Weg nach Hause dachte ich kurz darüber nach ins »Grenzwert« zu gehen. Fenja fühlte sich aber veranlasst, mir davon abzuraten. Stattdessen rief ich Frau Mross an, um ihr mitzuteilen, dass ich so schnell noch nicht zurückkehren würde.

»Ich komme gerade aus der Psychiatrie und werde noch etwas ausfallen, Frau Mross.«

»Ja aber dort waren sie doch gestern als Besucher.«

»Das ist richtig. Aber heute ist es umgekehrt.«

»Das verstehe ich nicht. Was ist denn da bei ihnen los?«

»Das ist eine etwas komplexere Geschichte. Ich werde ihnen das erzählen, wenn ich wieder da bin.«

»Ja, da müssen wir uns aber mal zusammensetzen.«

»Ich gehe morgen erst einmal zu meiner behandelnden Psychiaterin und danach melde ich mich wieder bei ihnen.«

»Achten sie bitte auf sich. Nehmen sie sich die Zeit, die sie zur Erholung benötigen.«

Selbstverständlich. Nichts Anderes würde ich tun. Genau deshalb tat ich etwas, das ich in schwachen Momenten gerne tat. Vladimir hatte es leider bislang nicht geschafft, mir im rechten Augenblick auf die Finger zu hauen. Ich berichtete über meinen jüngsten Vorfall auf Facebook und war mir bewusst, dass Betty dies früher oder später zur Kenntnis nehmen würde. Wie lächerlich von mir.

»Bitte nicht schimpfen«, sagte ich zu Frau Dr. Holmer, während ich ihr am nächsten Morgen den Arztbrief aus der Klinik überreichte.

»Mit dem Rettungswagen? Doch nicht ihr Ernst, oder?«

»Ich hab den ja nicht angerufen!«

»Ach und die Medikamente haben sie auch abgesetzt, wie ich hier lese?«

»Ja, das war sicherlich dumm von mir.«

»Aber wie ich hier lesen kann, haben sie ja ›ausreichend getrunken‹. Ist Alkohol bei ihnen ein Problem?«

»Sagen wir einmal so. Wenn es ihn nicht gäbe, käme ich gut ohne zurecht. Solange er aber greifbar ist, kann er zum Verhängnis werden.«

»An der Verfügbarkeit des Alkohols werden wir aber nichts ändern können. Ich schlage vor, dass wir uns in Zukunft einmal des Öfteren ihre Leberwerte anschauen. Was halten sie davon?«

»Na gut.«

»Was ist denn da jetzt genau vorgefallen?«

Ich erzählte ihr meine kleine Geschichte. Nie zuvor hatte sie derart aufmerksam zugehört. Sie zeigte sich tatsächlich verständnisvoll und einfühlsam. Das war mir neu, denn sie konnte sonst auch recht ruppig sein.

»Aber andere Mütter haben doch auch schöne Töchter«, argumentierte sie. Ich begriff, dass sie gerade vielleicht aufmerksam zugehört hatte, verstanden hatte sie jedoch nichts.

»Kann ich denn jetzt aktuell, ich ziehe sie erst einmal bis zum Ende der Woche aus dem Verkehr, sonst noch etwas für sie tun«, wollte sie wissen.

»Hätten sie vielleicht etwas zur Beruhigung für mich?«, spekulierte ich mit Blick auf Benzodiazepine.

»Ich verschreibe ihnen Promethazin. 25mg. Davon können sie bis zu drei Stück am Tag einnehmen.«

Besser als gar nichts, ging es mir durch den Kopf und ich nahm ihr Angebot dankend an.

Nun würde ich also in den kommenden Tag zu Hause sitzen, Fenja stets in meiner Nähe. Zwar war sie damit beschäftigt, nach Wohnungen Ausschau zu halten, und hatte sich auch bereits wieder in der Partnerbörse im Internet angemeldet, in der wir uns seinerzeit kennengelernt hatten, jedoch war es mitnichten angenehm, unter den herrschenden Bedingungen gemeinsam unter einem Dach zu hocken. Aber ich verfügte ja nun über Pillen, die diesen Zustand halbwegs erträglich machen könnten.

Zwei Tage später, ich saß gerade schweigend und sinnierend in meinem »Aquarium«, beschäftigte ich mich Fragestellungen, die ich umgehend an Betty richten musste:

»Kann ich jetzt eigentlich überhaupt noch zum Markt kommen? Reden wir miteinander? Grüßen wir uns noch?«

»Ich bin so froh, dass du dich meldest. Du fehlst mir so. Wir können reden, uns treffen, alles«, lautete ihre Antwort. »Und in der Klinik warst du jetzt auch. Was ist denn passiert und wie geht es dir?«

OK, alles auf Anfang, dachte ich und erwischte mich bei einem Lächeln.

Kino

»Süßer, das ist alles so unglaublich schnell gegangen mit uns beiden. Als ich mich von Thomas getrennt habe, da hatte ich mir vorgenommen, dass ich nun vorerst einmal keine Beziehung mehr anstrebe. Ich konnte nicht wissen, dass dann ausgerechnet *Du* in mein Leben treten würdest. Was Thomas betrifft, dem geht es schlecht. Er müsste unbedingt in eine Klinik. Er hat so viel abgenommen. Zur Zeit ist er krankgeschrieben, aber nicht zu Hause. Du und Fenja, ihr seid in eurem Trennungsprozess ja schon viel weiter. Manchmal denke ich, dass es gut gewesen wäre, wenn wir uns erst ein halbes Jahr später kennengelernt hätten«, ließ mich Betty auf meine Frage wissen, was zu ihrer neuerlichen Reaktion geführt hätte.

»Wenn das so ist, dann biete ich dir an, auf dich zu warten. Wie lange habe ich Anstalten gemacht, dich ausfindig zu machen? Die paar Monate schaffe ich nun auch noch.«

»Das kann ich von dir nicht erwarten!«

»Wenn ich das anbiete, dann ist es eine Entscheidung, die ich für mich selbst treffe. Ich hatte jetzt auch nicht vorgehabt, mich in dieser Zeit durch die

Schlafzimmer dieser Stadt zu fräsen, um mir das Warten zu versüßen. Also nimmst du an?«

»Ja, ich nehme dein Angebot natürlich an. Ich hab übrigens deine Bücher abgeholt und lese jetzt den ›Rummelplatz mit Seifenblasen‹. Du kniest dich da ziemlich rein, wie ich feststelle. Kann es sein, dass du dich sehr schnell verliebst?«

»Das ist doch bereits bald fünfzehn Jahre her und es ist nicht so, dass mir das, was dort vor sich geht einmal pro Jahr passiert. Vielleicht verliebe ich mich schnell, aber dafür hält es dann auch lange an und ich entliebe mich, sofern erforderlich, nur sehr müßig. Und erinnere ich mich recht an deine Worte in Mönchengladbach, das *Du* dich gerade selbst verliebst?«

»Stimmt«, lachte Betty.

»Was hältst du davon, wenn wir einfach mal wieder etwas unternehmen? Vielleicht zwischendurch etwas Unverfängliches, zum Beispiel ins Kino zu gehen? Ich würde gerne Zeit mit dir verbringen.«

»Das können wir sehr gerne tun. Möchtest du etwas raussuchen?«

»Natürlich. Was magst du denn?«

»Es muss kein Action-Film sein. Hektisch wechselnde Bilder mag ich nicht.«

»Ich sehe einmal nach, was gerade so läuft und mache dir einen Vorschlag mit Termin.«

Derartige Telefongespräche konnte ich zu Hause nicht führen. Fenja hatte mich kategorisch darum gebeten, in ihrer Nähe, innerhalb dieser vier Wände nicht mit ›meiner Süßen‹ zu turteln. Darüber hinaus sollte es mir nicht gestattet sein, ihren Namen auszusprechen. Das misslang mir regelmäßig und führte zu hässlichen Situationen. Soweit fortgeschritten, was unsere Trennung betraf, wie Betty annahm, waren wir scheinbar doch nicht. Also verließ ich schlagartig die Wohnung und wechselte hinunter an den Rhein, sobald ich einen eingehenden Anruf von ihr verzeichnen durfte.

Tagsüber begannen mich meine Mitrehabilitanten zu nerven. Durch meinen Vortrag zum Thema ›Kommunikation‹ galt ich fortan als ›Seelenmülleimer‹. Jeder glaubte, mich mit seinen Problemen behelligen zu müssen. Ich gab dabei den aufmerksamen Zuhörer und versuchte mich in klugen Ratschlägen. Dabei begriff ich zunehmend, dass ich gerade selbst dabei war, mir ein ordentliches Paket zu schnüren. Parallel dazu grassierte bereits die erste große Erkältungswelle. Links und rechts von mir wurde gerotzt, gehustet und geschnieft was das Zeug hielt. Die Heizungskörper im Unterrichtsraum waren bis auf Anschlag aufgedreht, die Fenster blieben geschlossen. Spätestens um 8:30 Uhr war ich hierdurch erschöpft und müde. Somit befand ich mich in einer Situation, morgens an einen Ort zu gehen, an dem ich mich nicht mehr wohlfühlte und zum Feierabend hin, bestand mir dies erneut bevor. Meine bald bevorstehende Reise nach Viersen würde mir guttun und für Abwechslung sorgen.

Ich schlug Betty vor, dass wir am 11. November ins Kino gehen könnten. Als Film hatte ich mir »Das perfekte Geheimnis« ausgewählt. Vier befreundete Pärchen treffen sich zum gemeinsamen Abendessen und kommen auf die glorreiche Idee, ein Spiel zu betreiben, in dem sie alle ihre Mobiltelefone auf den Tisch legten und sämtliche eingehenden Nachrichten öffentlich in der Runde zu präsentieren. Laut Beschreibung würde es hierbei zu einem dramatischen Verlauf kommen. Das könnte durchaus ein ›Film für Frauen‹ sein, glaubte ich und auch Betty nahm meine Einladung an.

»Ich muss mich auf dich verlassen können, dass du mich vom Bahnhof abholst. Am 11. November wird die Karnevalssaison eröffnet und es herrscht Chaos. Da fühle ich mich nicht wohl.«

Wie recht sie doch hatte. Dieses neuralgische Datum hatte ich bei meiner Planung gänzlich unberücksichtigt gelassen. Aber nun hatte ich bereits Plätze für die Vorstellung reserviert und ich ging insgeheim davon aus, dass es an einem Montagabend nun nicht allzu karnevalistisch vor sich gehen würde. Ich dummer kleiner Junge.

Bereits um 18 Uhr tauchte ich am Bahnhof auf und wartete an Gleis 1. Es musste bei allen Zügen mit Verspätungen bis zu vierzig Minuten gerechnet werden, da die öffentlichen Verkehrsmittel nicht imstande waren, das karnevalistische Treiben unter Kontrolle zu bekommen. Grölende und kotzende Menschenmassen. In den unterirdischen Wartebereichen der U-Bahn wollte mein Handy keinen Empfang haben, was dazu führte, dass ich im 5-Minutentakt die Rolltreppe hinauffuhr, um Kontakt zu Betty herzustellen. Planmäßig müsste sie um 18:23 Uhr ankommen.

»Es ist voll. Ich muss Pipi«, schrieb sie. Frauen müssen Pipi, wenn es gerade nicht geht, dachte ich, um festzustellen, dass sie ja doch ganz normal ist.

»Das kriegen wir hin, wenn du da bist«, antwortete ich. Natürlich, *wir* bekommen das hin, dass *sie* Pipi macht.

»Wo bist du«, wollte sie kurz darauf wissen.

Ihre Bahn kam nicht auf dem angekündigten Gleis an. Betty danach zu befragen, wo sie angekommen wäre, hielt ich für wenig erfolgversprechend. Also klapperte ich, wie von der Tarantel gestochen, die umliegenden Stationen ab. Als ich die Treppe zu Gleis 3 hinunterlief, konnte ich sie erblicken. Ich winkte ihr zu, rief sie. Betty nahm mich nicht wahr. Sie bestieg die Rolltreppe und kam mir nun entgegen. Ihr Blick war starr, abwesend und leer. Ihre Mimik erschien eingefroren. Etwa vier weitere Male rief ich ihren Namen, bis sie aus ihrem ›Scheintod‹ erwachte und mich erkannte.

»Da bist du ja. Das ist nichts für mich hier«, begrüßte sie mich.

»Lass uns schnell zur Bahnhofstoilette gehen.«

»Nein, nicht dorthin. Ich muss noch ins Kaufhaus, um eine Jacke für meine Tochter umzutauschen. Die passt nicht. Du suchst schnell eine andere Größe aus und ich gehe da aufs Klo.«

Auch *das* war von ungewöhnlicher Normalität. Kinotermin, etwas Zeitdruck, aber mal ›schnell‹ vorher noch etwas nicht Eingeplantes erledigen zu müssen.

»Okay. Machen wir so.«

»Und dann gehen wir schnell noch etwas trinken.«

»Aber sicher doch.«

Die Eintrittskarten hatte ich glücklicherweise vorher beschafft, sodass es uns erspart bleiben würde, an der Kasse Schlange zu stehen. Hierdurch hatte ich uns zu einem kleinen Zeitpolster verholfen. Außerdem ist es ja selbstverständlich, dass sich ›ein Mann‹ um diese Dinge bereits vorher bemühte.

Im Kaufhaus angelangt, wühlte ich mich durch ›Mädchenjacken‹. Größe 38, wie von Betty gewünscht, war natürlich vergriffen. Wie würde ich ihr das gleich erklären können, ohne als ›völliger Versager‹ vor ihr zu stehen? Ich entschied mich für eine Zwischengröße, die ich ihr präsentierte.

»Na gut, dann ist das halt so. Dann nehmen wir die.«

Das wiederum war unnormal, aber äußerst sympathisch. Wir marschierten Richtung ›Grenzwert‹, weil sich diese Stätte der Gastlichkeit in unmittelbarer Nähe zum Kino befand.

»Ich habe ja immer noch so ein bisschen die Hoffnung, dass du heute Abend sagst, nichts mehr von mir zu wollen. Komm, wir suchen uns Eheringe aus«, sagte sie und zeigte auf das Schaufenster eines Juweliers.

»Vergiss es ganz schnell«, erwiderte ich, was sich nicht auf die Eheringe bezog.

Vermutlich hatten die Betreiber des »Grenzwert« kein Interesse an Karnevalspublikum, weshalb wir dort vor verschlossenen Türen standen.

»Dann lass uns schnell dorthin gehen!« Betty visierte eine Kaschemme an, die auf der gegenüberliegenden Straßenseite lag und aus der deutlich karnevalistisches Treiben nach außen drang.

»Oh nein, bitte nicht«, signalisierte ich meine Ablehnung.

»Da müssen wir durch. Auf zwei schnelle Getränke halten wir das aus. Stell dich nicht so an.«

Wir nahmen auf einer Fensterbank gegenüber der Theke platz. Betty organisierte je zwei Bier und Jägermeister. Die Atmosphäre verleitete zum Knutschen. Das war heute schließlich überall erlaubt und Tradition. Und so ließ es sich auch aushalten. Die nächste Runde sollte auf meine Kappe gehen. Mit der Einnahme des zweiten ›Vorglühers‹ glaubte ich bereits wahrzunehmen, dass sich der Persönlichkeitszustand meiner Angebeteten zu ihren Ungunsten veränderte. Meinen Verdacht bestätigte sie wenig später, als wir im Kino unsere Sitzplätze bezogen hatten. Es war ihr unmöglich, ruhig zu sitzen. Sie zappelte hin und her und ich erwartete sehnsüchtig den Augenblick, da das Licht im Saal erlöschen würde und dem Publikum der Anblick dieses ›Naturspektakels‹ verborgen blieb. Die nun anstehende Werbung, die Vorschau auf andere Filme, erschien mir unendlich. Ich glaubte tatsächlich, dass Betty ihre Aufmerksamkeit noch auf die Leinwand richten würde, sobald der Hauptfilm nur begonnen hätte. Das war ein fataler Irrtum.

Sie biss mir in die Arme, hielt dabei inne, um den Druck mit ihren Zähnen langsam zu steigern. Wo wäre meine Schmerzgrenze? Ich ließ sie gewähren, kniff die Augen zu und erwartete meine Erlösung. Ich schwieg. Sie erweiterte ihre Dienstleistungen, in dem sie zu kneifen begann, wühlte sich mit ihren Händen in mein Fleisch. Auch hier langsam beginnend und kontinuierlich steigernd. Drehend, ziehend, reißend. Wenn ich nun Anstalten unternehmen würde, sie davon abzuhalten, dann würden sich hier sicherlich Szenen abspielen, die wesentlich unangenehmer *für alle Anwesenden* seien.

»Können wir uns nicht einfach lieb haben und gemeinsam alt werden«, fragte sie mich, als sie kurz von mir abließ. Sollte das jetzt alles gewesen sein und sie sich wieder beruhigen?

»Das ist das Ziel.«, flüsterte ich. Sie begann nun, sich an mir zu bedienen, öffnete meine Hose und verlagerte ihren Kopf zwischen meine Beine.

»Dafür sind wir im falschen Kino«, versuchte ich sie in die Realität zurückzuholen.

»Du Spasti«, lautete ihre Antwort. Das hatte sie schon öfters gesagt. Daraufhin angesprochen, behauptete sie, dass sie das liebenswürdig meinte und nur zu Menschen sagte, die ihr ans Herz gewachsen seien. In der Tat intonierte sie sie dieses Wort stets in ›frivoler Heiterkeit‹, um es einmal mit Heinrich Bölls Worten zu beschreiben. Betty kramte ihr Handy aus der Handtasche, um sich Bilder anzusehen. Dies verhalf dem Kino zu einer Beleuchtung, die nicht allen Anwesenden hier wirklich angenehm war. Als sich einige Besucher aus der Reihe hinter uns bemerkbar machten, dies doch bitte sein zu lassen, tat ich so, als würde ich dies nicht hören.

Dass es ganz alleine ihre Angelegenheit wäre, davon Kenntnis zu nehmen und ich mich nun nicht auch noch darin einmischen würde, erschien mir am sinnvollsten. Sie jedoch bekam davon nichts mit. Ich übte mich im Aushalten, um meine Stressresilienz aufzubessern. Das war schließlich eine meiner Baustellen auf dem Weg zurück ins Berufsleben. Insofern kam mir das auch ganz gelegen. Ich möchte festhalten, dass ich nie zuvor ins Kino gegangen war und so wenig bis gar nichts von einem Film mitzubekommen. Mit dem Abspann stellte sich bei mir eine wohlige Art der Erleichterung ein. Fast war ich mir bewusst, dass Betty mit dem, was sie hier die letzten zwei Stunden abgeliefert hatte, nur Bemühungen an den Tag zu legen versuchte, sie mir aus dem Kopf zu schlagen. Aber bei allem was recht war, da müsste schon noch etwas mehr kommen.

Natürlich wollte ich sie noch zurück zum Bahnhof begleiten. Auf dem Weg dorthin sah ich, dass Ralf mir zwei Sprachnachrichten hatte zukommen lassen.

»Und«, sagte Betty »würdest du sie mir auch einfach so vorspielen?«

Tatsächlich war der Film nicht ganz an ihr vorbeigegangen.

»Na klar«, sagte ich und spielte die erste Nachricht ab.

»Mjölk«, kam es von Ralf.

»Bitte was? Was war dass denn jetzt«, wirkte Betty etwas verstört.

»Das ist so ein Insider. Erkläre ich dir ein andermal«, denn das war jetzt etwas zu bizarr. Ich spielte die zweite Nachricht ab.

»Hör mal, ich wollte mich nur noch einmal vergewissern, ob du deine Perle zur Depeche-Mode-Party nun mitbringst.«

Sie gab mir direkt Antwort hierauf.

»Nein! Ich komme nicht mit. Diesmal noch nicht. Lieber im Januar. In der derzeitigen Situation zu Hause, nein, das ist mir zu viel.«

»Sag ich später was zu«, schrieb ich Ralf zurück. Hier war schließlich etwas mehr Aufklärung nötig, als ich sie jetzt in Gegenwart meiner Dame hätte abliefern wollen.

Betty fror. Ich gab ihr meine Jacke und zog es vor, im T-Shirt bekleidet durch die Straßen zu laufen.

»Musst jetzt nicht den Harten spielen«, lachte sie. Ich genoss den kühlen Wind, der die Blessuren meiner Arme streifte, und trug diese mit pathologisch anmutendem Stolz.

»Ich liebe dich«, sagte sie und verschwand in der U-Bahn. Beim Schließen der Türen schaffte ich es gerade noch, ihr die Tüte mit der Jacke für ihre Tochter hinterherzuwerfen.

»Ich liebe dich auch.«

»Gib dir das ganze Programm, du Marionette. Sie hat dich am Haken und achte auf deinen Gang. ›Du Spasti‹. Du marschierst wie ein Roboter. Das ist ihr auch schon aufgefallen«, hörte ich eine mir vertraute Stimme im Off sagen.

Die Rückkehr der Friseurin

Der folgende Tag begann mit einem deutlichen Kratzen im Hals. Ich war der letzte Verbliebene in meiner Rehabilitationsgruppe, der noch nicht von der ›Grippewelle‹ heimgesucht worden war. So kurz vor meiner Reise nach Viersen nun doch noch zu erkranken, behagte mir überhaupt nicht. Ich wusste, dass Ralf es mir insgeheim doch verübelte, wenn ich meinen Job absagen würde. Wurde nicht behauptet, dass es das Immunsystem stärken würde, wenn man verliebt ist? In diesem Zusammenhang fiel mir ein, dass ich Ralf noch eine Antwort schuldig bin.

»Also die Betty kommt diesmal noch nicht mit«, schrieb ich ihm.

»Woran liegt es?«

»Es ist ihr im Moment wohl etwas zu viel. Und seit sie sich von ihrem Thomas getrennt hat, fühlt sie sich auch nicht sonderlich gut dabei, ihn mit ihrer Tochter zuhause alleine zu lassen. Er lässt sich wohl derzeit etwas gehen und trinkt wohl auch recht viel, wie ich erfahren habe.«

»Soso. Dann sind da ja gleich zwei Haushalte etwas aus der Spur bei Euch.«

»Sieht wohl so aus.«

»Und wie läuft es sonst so mit euch beiden?«

»Alles total super. Läuft wie geschmiert.«

»Marcel, ich komme nicht umhin, es zu sagen, da muss irgendwo ein Haken an der Sache sein. Das läuft zu glatt.«

»So ein Quatsch! Kaum dass es mal rundläuft, muss direkt schon wieder irgendwo ein Haken sein.«

»Auf den Bildern, die du mir von euch beiden geschickt hast, siehst du nicht glücklich aus!«

»Da war es auch meist spät, als die entstanden sind. Das ist nur Müdigkeit, die da in meinem Gesicht steht. Ich mein, die Tage sind schon etwas verrückt zur Zeit und uns bleibt ja auch nur die Möglichkeit gemeinsam durch die Stadt zu laufen, wenn wir uns sehen. Eine wirklich erholsame Zeit können wir nicht miteinander verbringen. Aber wenn wir erst einmal aus dem Gröbsten raus sind, dann wird sich das ja auch ändern.«

»Nimm bitte einen Ratschlag von mir an. Ich kenne dich jetzt lange genug, du kannst keine ›Baustelle‹ an deiner Seite gebrauchen.«

»Na dann versuch doch mal jemanden zu finden, der in unserem Alter keine ›Baustelle‹ ist. Jeder hat ein kleines Paket im Leben zu schleppen. Das macht einen Menschen doch auch interessant. Was will ich mit einer Partnerin ohne Geschichte?«

»Nein, du lernst es nicht. Ich gebe es auf. Aber weißt du was? Mach du da mal deine Erfahrungen. Ich fange dich schon wieder auf, wenn du anschließend im Arsch bist.«

»Das wird nicht passieren!«

Wie sollte er meine Situation aus der Ferne denn bitte beurteilen können? Ich hatte ihm überhaupt keine Anhaltspunkte geliefert, derartige Gedanken mir gegenüber äußern zu können. Wieso war es für Ralf denn schon wieder so unfassbar, dass mich nun endlich das wohlverdiente Glück im Leben erreichen würde?

»Vielleicht, weil er wusste, dass du dein Glück stets in anderen Menschen suchst, bevor du erst einmal versuchst, etwas Glück mit dir selbst zu finden«, merkte Vladimir an.

Am Abend sollte es zu einem verstörenden Telefonat kommen. Zwar war es Betty, deren Rufnummer auf meinem Display angezeigt wurde, jedoch über gab diese nach kurzer Begrüßung an ihre Freundin Rosi, die bei ihr zu Besuch war:

»Hi, bist du bereit, es dir zu geben«, wollte Betty wissen.

»Klar.«

»Dann sprich mal mit Rosi.«

Ich war gespannt, was nun folgen würde, zog mir meine Jacke an und verließ das Haus für einen kurzen Spaziergang.

Rosi gab sich als Bettys ›Betreuerin‹, als ›Vormund‹. Sie versuchte mir einzureden, dass das, was ich da kennengelernt hatte, auf gar keinen Fall Betty sei. Sie wirkte aufgeregt und unterschwellig aggressiv. In einem nicht enden wollenden Monolog gab sie mir zu verstehen, dass Betty das mit mir in ihrer derzeitigen Lage nicht gebrauchen könnte. Ich hatte den Eindruck, dass sie mir den Umgang mit ›ihrer Patientin‹ untersagen wollte.

»Verstehe ich dich richtig, du erwartest von mir, dass ich mich aus dem Staub mache«, fragte ich sie.

»Was ihr beiden da macht, das müsst ihr selbst wissen und da mische ich mich nicht ein. Das, was ich dir hier sage, ist auch nur meine persönliche Meinung. Betty hat mich nicht darum gebeten, mit dir zu reden. Ich wollte das aus eigenen Stücken heraus, nachdem sie mir eure Geschichte erzählt hat.«

»Ich finde es erstaunlich, dass *du*, ohne mich zu kennen, darüber befindest, ob ich gut oder schlecht für Betty sei. Es reicht mir völlig aus, von ihren Kindern in dieser Art vorverurteilt zu werden. Dass nun auch noch ihre ›beste Freundin‹ in dasselbe

Horn bläst, kotzt mich gelinde gesagt an. Und das kann auch ich derzeit nicht gebrauchen. Und jetzt reicht es für den Moment. Gib mir bitte nochmal Betty«, forderte ich.

»Hast du das Gespräch mitverfolgen können«, wollte ich wissen.

»Nein, ich war in der Zwischenzeit mit den Hunden raus«, sagte sie weinerlich.

Das konnte ich nun glauben oder nicht und sie fuhr fort:

»Aber unsere Verabredung für morgen, Tee trinken zu gehen, die sage ich jetzt erst einmal ab. Ich brauche Ruhe.«

»Gut, dann sehen wir uns morgen nicht«, gab ich beleidigt zu verstehen und Betty beendete das Gespräch abrupt.

Es war ja nun nicht so, dass ich diese Verhaltensweisen von ihr nicht bereits kennen würde. Morgen würde wieder ein anderer Tag sein und, das war gewiss, ein anderer Tag hielt auch immer wieder eine andere Betty für mich bereit. Alles gut! Aber Scheiße!

In der Nacht suchte mich ein bildhafter Traum heim. Mit meiner Neigung hierzu bin ich sehr vertraut.

Ich war alleine und nackt, sah auf meinen Körper hinab, schaute mir meine Arme und Beine an. Unterhalb meines linken Handgelenks bohrte sich ein hauchdünnes Glasröhrchen durch meine Haut. Ich zog es hinaus und war verwundert über seine Länge. Und sowie ich es entfernt hatte, kamen immer neue Glasröhrchen unterschiedlichen Ausmaßes aus meinem Haupt hervor, die nach Befreiung verlangten. Nach kurzer Zeit war ich von Kopf bis Fuß durchlöchert und ich sah zu, wie ich Unmengen an Blut verlor und ich mich in einem Berg aus feinsten Glasscherben versinken sah.

Ein klärendes Gespräch mit meiner Süßen war nun bitternötig. Vermutlich spürte sie das selbst, denn ihr Anruf erreichte mich am recht frühen Abend des Folgetags. In der nun herrschenden Eile gelang es mir nicht, mich schnell genug anzuziehen. Ich lag bereits im Bett und wollte mir etwas Ruhe verschaffen. In Jogginghose mit Flipflops bekleidet lief ich ans Rheinufer, während ich mit meiner Aphrodite telefonierte.

»Rosi hat gestern doch tatsächlich versucht, dich mir auszureden«, empörte ich mich bei ihr.

»Das war nicht mein Wunsch. Und das finde ich auch übergriffig. Ich hab ihr nur von dir erzählt und währenddessen begann sie immer mehr, entsetzt mit dem Kopf zu schütteln, bis sie irgendwann danach verlangte, mit dir sprechen zu können.«

»Das hat ja dann auch gut geklappt.«

»Ich bekomme derzeit von allen Seiten mitgeteilt, dass ich alles falsch machen würde. Ich mache alles falsch. Selbst meine Kinder sagen das. Es ist meine Entscheidung, mit wem ich zusammensein will. Ich lasse mir das doch nicht von meinen Kindern verbieten. Ich bin auch noch ein Mensch und ich treffe meine eigenen Entscheidungen. Es ist jetzt an der Zeit, dass ich einfach einen Mann *für mich* haben will, mit dem *ich*, auch ohne dass Kinder dabei sind, etwas erleben darf. Es hat sich immer nur alles um Kinder gedreht. Ich gehe auf die fünfzig zu und jetzt ist auch mal Zeit für mich.«

»Der Mann hierfür telefoniert gerade mit dir.«

»Ich weiß, du Süßer.«

»Übrigens, ich habe etwas im Netz recherchiert. Wir waren ganz schön leichtsinnig und haben riesengroßes Glück gehabt.«

»Was meinst du?«

»Die Kombination aus Tavor und Alkohol kann zu lebensbedrohlichen Zuständen führen. Bis hin zur Atemlähmung. Bitte versprich mir, dass wir das nie wieder machen werden. Und es führt auch zu paradoxen Verhaltensweisen. Kein Wunder, dass du an dem Abend in Mönchengladbach so ›abgegangen‹ bist.«

»Machen wir nicht mehr versprochen. Aber du hast ja jetzt von Frau Dr. Holmer etwas anderes verschrieben bekommen. Dann probieren wir das mal«, lachte sie.

»Von den Pillen wollte ich mir heute Abend mal eine geben.«

»Geht es dir denn nicht gut?«

»Das nicht, aber ich möchte die Wirkung gerne einzuschätzen wissen. Deshalb teste ich erst einmal vorsichtig jenseits einer akuten Lage. Ich gehe nachher in die Badewanne und danach leg ich mich hin und probiere es aus. Wenn du dann später nichts mehr von mir hörst, weißt du ja, dass sie wirken.«

»Schick mir bitte Bilder aus der Badewanne, ja?«

»Ja natürlich, geht klar.«

»Ich lese übrigens gerade ›die Friseurin‹. Kann es sein, dass dir diese Lena noch gefährlich wird?«

»Zu der habe ich doch seit damals keinerlei Kontakt mehr. Die ist längst aus meinem Leben. Wir haben nie wieder etwas voneinander gehört. Ich weiß aber, dass sie noch einmal Mutter geworden ist und nun glücklich mit ihrem Mann ist.«

»Gut, ich würde dann nämlich nicht mehr weiter-lesen. Wo bist du gerade?«

»Ich stehe am Rhein. In Jogginghose und Flip-Flops. Es regnet und es ist kalt.«

»Dann geh jetzt mal lieber wieder nachhause. Ich begleite dich noch, bis zu an der Tür bist. Und ver-giss nicht, mir gleich die Bilder zu schicken.«

»Das mache ich auf jeden Fall.«

Denn wenn Betty wünschte, dass ich den Rosen-kranz betend, nackt über die Rheinbrücke liefe, dann wäre auch dies mir ein Befehl, den ich auszu-führen hätte. Ich erledigte meinen Auftrag, warf meine Pille ein und begab mich zur Nachtruhe. Und in der Tat, für meine Verhältnisse schlief ich recht zügig ein. Das Promethazin war durchaus brauch-bar. Doch ich erwachte gegen 2 Uhr, weil das Beruhigungsmittel gegen meine nun zur Bestform auflaufenden Erkältungssymptome keine dominante Rolle übernehmen konnte. Der Husten setzte ein, Gliederschmerzen kamen hinzu, ja, seit 2015 hatte es mich zum ersten Mal wieder erwischt. Ich warf einen Blick auf mein Handy, in erster Linie, um die Uhrzeit im Blick zu haben und bemerkte zu meiner Freude, dass es neue Nachrichten von Betty gab. Eine Textnachricht, sowie drei Sprachnachrichten.

Wie schön, dachte ich, las mir die erste Botschaft durch, in der sie fragte:

»Wollen wir morgen zusammen nach meiner Arbeit einen Tee trinken gehen?«
Aber sicher doch, dachte ich mir, entschied mich dazu, kurz ins Bad zu gehen, um mich im Anschluss ihrer gesprochenen Worte annehmen zu können. Hurra, wir gingen morgen Tee trinken. Meine aufkeimende Freude sollte jäh erschlagen werden:

»Lena pisste mich beim Liebesakt geschmeidig an. Für mich eine neue Erfahrung. Mit Natursekt kannte ich mich bis dato nicht aus. Erfrischend neu und anders war es. Gerechnet hatte ich damit nicht. Natursole aus Bad Dingsbums«, zitierte Betty die verwegenste Szene aus meinem Buch ›die Friseurin‹. Klar, wenn es eine Passage gegeben hätte, die für Unmut sorgen könnte, dann war es diese. Sie fuhr fort:

»Du kannst nicht alleine sein, was? Deine Geschichten wiederholen sich! Und du hattest noch gesagt, dass diese Lena dir nicht gefährlich werden würde. Du warst mit ihr auch in einem Hotel. Du hast dem, was mit *uns* war, ›den ganzen Zauber genommen‹.«
Ihre Trilogie endete mit der Aussage:

»Ich kann morgen mit dir keinen Tee trinken gehen!«

Meine Güte. War das jetzt echt wahr? Die Geschichte war doch so lange her und hatte heute wirklich keinerlei Bedeutung mehr. »Die Leichen im Keller sind doch müde, warum dürfen sie nicht endlich ruhen«, fragte ich mich und wusste, dass meine Nacht ab hier gelaufen war. Dies war jedoch erträglich, im Vergleich zu der Frage, was nun ›sonst noch so‹ alles gelaufen wäre. Morgen, bevor ich zur Reha ging, beschloss ich, Betty eine Nachricht zukommen zu lassen, um ihr ihre ›Wut‹, die ich tatsächlich etwas nachvollziehen konnte, zu nehmen.

Gegen 6:30 Uhr saß ich auf meiner bereits ›liebgewonnenen‹ neuen Wohnzimmerbank am Rheinufer. Ich blickte eine Weile auf die Strömung.

»Es ist so leise hier«, ging es mir kurz durch den Kopf. Von der gegenüberliegenden Rheinseite reflektierte sich das Licht der Laternen auf der Wasseroberfläche und zerbrach in funkelnden Edelsteinen. Ein Augenblick völliger Achtsamkeit. Keine Vergangenheit, keine Zukunft. Ich holte tief Luft, um zu meiner Nachricht an Betty auszuholen:

»Betty, Millionen Menschen auf diesem Planeten besuchen täglich, auch zu zweit, Hotelzimmer. Viele davon vielleicht auch zum ersten Mal. Ich kann mir kaum vorstellen, dass du vor uns, noch nie mit einem anderen Mann in einem Hotelzimmer gewesen wärst. Dass dies nun unsere Erlebnisse *entzaubern* könnte, will sich mir nicht erschließen. Was hätten wir anderes tun können, als in unserer Situation in ein Hotel zu gehen? Dem Zauber dessen, was zwischen uns ist, kann das doch nichts anhaben! Es tut mir unglaublich leid, dass dich ausgerechnet *diese Geschichte,* die du da nun gelesen hast, so mitnimmt. Ich hatte dich davor gewarnt, meine Bücher zu lesen und stets darum gebeten, mich heute als einen anderen Menschen zu betrachten. Und ich habe etliche Jahre meines Lebens auch alleine verbracht. Klar, von denen habe ich dir in unseren bisherigen Gesprächen wenig erzählt. Aber Weissgott, ich suche die Nähe zu Dir nicht, weil ich nicht alleine sein kann. Und sollten sich Geschichten wiederholen, dann ist *dein* Einfluss auf den Verlauf auch nicht ganz unentscheidend. Ob das nun endet, wie in einem ›Rummelplatz mit Seifenblasen‹ oder der ›Friseurin‹, da hast du absolutes Mitspracherecht. Natürlich verbrenne ich in vergleichbarer Weise für die Sache, aber doch nur, weil ich an uns glaube.«

Das reicht, du hast alles gesagt. Ab zur ›Schule‹ mit dir!

Ich nahm die nächste Bahn und darf nicht unerwähnt lassen, dass es mir danach gelüstete, dieses ganze ›Pack‹ darin zu ergreifen, sie zu würgen, ihnen die Zähne zu ziehen, sie mit den Köpfen vor die Haltestangen zu schlagen, ihnen ihre Handys durch die Fresse zu ziehen, ihnen vors Schienbein zu treten. Wie konnten sie nur alle so glücklich zu ihren Bestimmungsorten unterwegs sein? Hatte ich ein unerwartetes Aggressionsproblem? – Ja!

Betty meldete sich tatsächlich vor 8 Uhr zurück:

»Das ist alles nicht das Thema! Mir geht es vor allen Dingen darum, dass ich dich ausdrücklich gefragt hatte, ob diese *Lena* dir noch gefährlich werden wird. Denn dann hätte ich wirklich nicht weitergelesen und alles wäre gut!«

»Ich habe deine Frage falsch verstanden. Ich dachte, du fragtest danach, ob sie mir *heute* noch gefährlich werden könnte, und habe sie entsprechend beantwortet. Dass sie mir in dem Buch noch nahekommen würde, das war doch wohl klar, oder?«

»Und auf solche *Missverständnisse* habe ich halt keine Lust. Und ich hab auch ›null Bock‹, irgendwas mit dir zu unternehmen gerade. Ist mir zu viel. Ich hab hier andere Dinge zu regeln, lass es bitte gut sein! Übrigens, du klingst ja schrecklich. Du solltest dich vielleicht krankschreiben lassen, um dich auszukurieren!«

OK! Das sollte es gewesen sein. Widerwillig entschied ich mich dazu, mein Leben umzudekorieren. Aber womit? Ein jetzt einsetzender *großer Liebeskummer* würde mich so dermaßen aus der Bahn werfen, dass ich nicht imstande wäre, mein wegweisendes Praktikum ab Januar anzutreten. Ich müsste das vorher irgendwie wegrocken, um meine Zukunft zu retten. Bald würde ich ein gesamtes Jahr in dieser Rehamaßnahme verbracht haben, um mich kurz vor der Ziellinie an der Wand zu zerschmettern, und dann wäre alles vergeblich gewesen? Das durfte nicht passieren.

Wir bekamen an diesem Morgen eine neue Dozentin für Deutschunterricht. Sie erklärte uns Nominativ, Genitiv, Dativ und Akkusativ. An dieser Stelle spürte ich, wie der Wahnsinn Besitz über mich ergriff. Ich versprühte Aggression, verdrehte sie Augen, wirklich *jeder* hier Anwesende nervte mich unsäglich. Es würde nicht mehr lange dauern, bis ich hier zu einem unkalkulierbaren Rundumschlag ausholen werde. Die neue Dozentin sprach so *weich*, so *verständnisvoll, so ›in-sich-ruhend‹, ja, ›so leise‹*, dass in mir die kalte Kotze hochkochte. Meine Mitschülerin Rita bemerkte dies und sagte zu mir:

»Marcel, du solltest vielleicht dreimal leise ›Ommmm‹ zu dir sagen!«

»Liebe Rita, wusstest du eigentlich, dass derartige Ratschläge mutmaßlich dazu beigetragen haben, dass ich meine letzte Beziehung beendet habe«, entgegnete ich ihr wutentbrannt.

»Und für alle: Ich bin nicht nur der ›nette Kommunikationsdozent‹, der neulich noch eure grinsenden Fressen bedient hat. Nein, ich kann auch ein ganz Anderer sein! Fordert ihn nicht heraus! Es wird ungemütlich. Transaktionsanalyse? - dass ich nicht lache. Ich bin *nicht* OK, du bist *nicht* OK. Das ist meine Weltansicht. Wer von Euch wurde als Kind in den Arsch gefickt? Wer? Keiner! Also lernt mal fleißig ›Deutsch‹!«

Es war für mich in diesem Augenblick klar, dass ich nun zum Arzt gehen würde, um mich krankschreiben zu lassen. Hier hatte ich derzeit nichts zu suchen. Ich rannte die Treppe hinauf und wand mich Frau Mross zu:

»Ich gehe zum Arzt! Ich bin raus hier. Ich brauche Ruhe. Ich will nicht mehr und ich kann nicht mehr!«

»Achten sie auf sich!«, kam es von ihr zurück.

»Jaja, volle Kanne! Das mache ich! Aber hören sie endlich auf, mir mit ihrer ›Achtsamkeitsscheiße‹ auf den Sack zu gehen! Ich kann es nicht mehr hören!«

»Sie wirken aggressiv!«

»Ach, ich *wirke* aggressiv? Von meiner *Bezugspädagogin* würde ich erwarten, dass sie erkennt, dass ich aggressiv *bin*!«

»Möchten sie vielleicht mit unserer Psychologin reden?«

»Ach, sie meinen etwa dieses kleine 34-jährige Ding, mit den haselnussbraunen Augen, das mir die Welt aus ihren Lehrbüchern nahebringen will? Die da morgens glücklich mit ihrem Fahrrad angetanzt kommt und die noch kein ›harter Schwanz‹ im Leben verletzt hat? Meinen sie die?«

»Wir hatten hier schon Situationen, in denen wir bei derartigen Fällen die Polizei gerufen haben!«

»Och, ist das so? *Ist das so?*«

»Ich müsste den Fall hier bei der Rentenversicherung melden!«

»Machen sie das!«

»*Du bist ein Roboter. Du bist arg ferngesteuert!*«

»*Ja dann fick dich Vladimir! Du Klugscheißer. An die Person kommst du jetzt gerade einmal nicht heran.*«

»*Du bist tatsächlich ein ›Spasti‹!*«

»*Ist das so?*«

»Herr Thebach, sie haben doch immer ihre ›Anker-tablette‹ dabei für solche Situationen, oder?«

»Meinen sie hier diese ›letzte Tavor‹ die ich mit mir herumschleppe? Ja, die hebe ich mir seit Monaten dafür auf, wenn einmal der Moment kommt, an dem es schlimmer nicht werden kann. Und in den letzten Wochen habe ich täglich Situationen erlebt, in denen es Tag für Tag schlimmer geworden ist und ich bin mir noch nicht sicher, ob nun der ›schlimmste Moment‹ da ist, der es wert wäre, sie einzuschmei-ßen! Denn ich weiß nicht, ob das Schicksal mir morgen noch ein Schüppchen draufschmeißen wird. Und dann habe ich keine mehr. Und verschrieben bekomme ich keine mehr. Ich muss jetzt mit Promet-hazin-Smarties zurechtkommen.«

»Heute ist der Moment. Nehmen sie sie. Wenn sie die Tablette einnehmen und nun zum Arzt gehen, verzichte ich auf weitere Maßnahmen bezüglich ihres Ausfalls. Und sollten sie Begleitung zum Arzt benötigen, lassen sie es mich bitte wissen. Sie waren immer so ein guter Kerl. So intelligent, so redege-wandt. So über den Dingen. Oft habe ich mich gefragt, was sie eigentlich hier wollen. Aber nun bin ich eines Besseren belehrt. Sie wirken auf mich wie ein kleiner ›Borderlino‹. Würden sie dieses Thema

166

vielleicht einmal bei ihrer Psychiaterin ansprechen wollen?«

»Das würde mir gerade noch gefallen. Danke für das Kompliment. Sind ganz tolle Menschen!«

›Sie baden gerade ihre Hände drin‹, fiel mir ein Werbespruch aus den Achtzigern ein. Ich warf mir die Tavor ein, legte mich für eine halbe Stunde in den Ruheraum, bevor ich zu meinem Hausarzt aufbrechen wollte.

Die Straßenbahnfahrt dorthin erlebte ich in Watte eingehüllt. Oft stellte ich mir vor, Betty würde an der nächsten Haltestelle unverhofft einsteigen, vor mir platz nehmen, und wir würden in Ruhe über alles reden. Leider will meine Geschichte diesen kleinen Zufall nicht aus dem Hut zaubern. Also verließ ich die Bahn an meinem Endhaltepunkt, überquerte die Fußgängerampel, um vor der Eingangstür meines Hausarztes festzustellen, dass die Praxis bis zum 27. November geschlossen wäre. Vertretungsärzte wurden auf der Tafel genannt. Jedoch fühlte ich mich nicht in der Lage, die ›weite Reise‹ zu diesen antreten zu können. Viel zu weichgekocht waren meine Beine, viel zu umschleiert mein Köpfchen, nach Einnahme meiner Notfallmedikation, nun noch auf weite Reisen zu gehen. Aber ich benötigte einen ›gelben Schein‹. Die Rentenversicherung war da gnadenlos. Kurz dachte ich darüber nach, die Straße erneut zu überqueren, um zu Frau Dr. Holmer zu gehen und dort auf ›Psycho‹ zu machen. Aber dort war mein Kontingent doch schon etwas arg strapaziert und schlussendlich hatte ich es ja auch mit einer grundsoliden Bronchitis zu tun. Was suchte ich da bei meiner Psychiaterin? – was ich nun tat, fiel mir schwer. Guido Guthmann musste her. Geh ich halt zum ›Spasti‹, dachte ich mir und übernahm recht unfreiwillig Bettys Nomenklatur.

Als ich so im offenen Wartezimmer saß und ihn stets im wehenden Arztkittel vorbei zischen sah, dachte ich: »Zieh den Scheiß doch einfach aus und lauf nackt hier herum. Schwenk deinen Pimmel durch die Flure. Arztkittel bilden die dünne Haut unsteter Persönlichkeiten. Immer ein gutes Versteck!«

»Soso. Erkältet. Ja kommt vor um diese Jahreszeit«, ließ er mich in seinem Untersuchungsraum kurz darauf wissen.

»Ach was? Tatsächlich?«

»Wie darf ich das verstehen, Herr Thebach?«

»Musste nur etwas schmunzeln, dass man für diese Auskunft studiert haben muss. Aber wurscht!«

›Ich hasse dich‹, dachte ich.

»Na dann machen sie doch mal den Oberkörper frei, damit ich ihre Lunge einmal abhören kann«, forderte er.

Bereitwillig entledigte ich meiner oberen Leibeskleider und noch bevor er sein Stethoskop bei mir anlegen konnte, blickte er mich verdutzt an:

»Was ist das denn?«

»Was jetzt?«

»Die blauen Flecken hier überall!«

Oh Gott!

»Och, ich bin die Treppe herunter gefallen, als ich bei einem Umzug behilflich war. Alles halb so wild.«

»Und da hat sie die Treppe gebissen? Schauen sie mal hier und schauen sie mal da. Das sind menschliche Abdrücke von Zähnen. Der Rest sind Hämatome, als wären sie vor eine Straßenbahn gelaufen.«

»Ja, das ist ein befreundeter Biologiestudent, dem ich geholfen habe, und der hatte so ein menschliches Skelett zuhause. Und als ich das in den Möbelwagen bringen wollte, bin ich ausgerutscht, gestürzt und genau mit meinem Arm in den offenen Mund dieses Skeletts gefallen!«

Er blickte mich misstrauisch an.

»Ich kenne durchaus Menschen, die so etwas tun würden. Das ist Körperverletzung. Sie sollten dagegen aktiv werden und sich das nicht gefallen lassen. Ihre Geschichte wirkt etwas konstruiert auf mich. Ich nehme ihnen das nicht so ganz ab.«

Ach was, du alte arrogante ›Penispumpe‹ , dachte ich. Ich bin wegen einer Bronchitis hier und brauche einfach nur den verfickten gelben Schein für die Rentenversicherung. Sonst nichts. Spiel jetzt hier nicht den Hippokrates!

»Ich würde nun gerne meine Erkältung auskurieren. Deshalb bin ich hier«, gab ich Dr. Guthmann, der gar keinen Doktortitel hatte, und nur Facharzt für Allgemeinmedizin war, zu verstehen.

»Ok. Wir versuchen es erst einmal ohne Antibiotikum und ich nehme sie bis Mitte kommender Woche aus dem Verkehr. Bis dahin viel Ruhe und viel Trinken. Tee und Wasser. Kein Bier und Schnaps! Sie wirken heute aber auch recht entspannt, wie kommt es?«

›Das liegt an dem Anteil Spätapfelsinen hier‹ fiel mir ein Werbespruch aus den Achtzigern ein und ich verkniff es mir gewaltsam, ihn auszusprechen. Stattdessen vernahm ich den Vibrationsalarm meines Handys. Ich war mir sicher, dass es sich nur um eine Nachricht von Betty handeln könnte. Wer sollte es sonst sein? Schließlich hatte ich doch die Benachrichtigungsfunktion jeglicher anderer sozialer Kontakte

auf ›stumm‹ geschaltet, um mich nicht mit ›unnöti-
gem Ballast‹ konfrontiert zu sehen. Aus diesem
Grunde hatte ich es nun sehr eilig, die Praxis zu verlassen. Nichts interessierte mich mehr, als das, was
sie mir geschrieben oder gesagt hätte. Ganz in der
Hoffnung, dass sie sich wieder beruhigt hätte und
versöhnliche Töne anschlagen würde, stürmte ich
aus dem Ärztehaus auf die Straße, zückte mein
mobiles Endgerät hervor und stellte in aller Erwar-
tungshaltung fest: Es war die Wetter-App, die sich
bei mir gemeldet hatte. Sie versprach einen sonnigen
Tag im November.

Auszeit

Die Unplanbarkeit der vergangenen Tage, das stete auf und nieder in meiner Gefühlswelt, das permanente Erbrechen von Schmetterlingen hatte mich zu einer Entscheidung veranlasst, die im ersten Moment grotesk anzumuten vermag: Ich wollte nun Rücksicht auf mich selbst nehmen. Meine Reise nach Viersen stand unmittelbar bevor und ich hatte mir fest vorgenommen, diese Zeit dazu zu nutzen, meinen Seelenschmerz mit angenehmen Erlebnissen zu überschreiben. Ich wusste, dass ich auf alte Freunde treffen würde, Menschen, die auch wenn ich sie recht selten zu sehen bekomme, mich stets mit ihrer Wiedersehensfreude begeisterten und mich spüren ließen, in der Heimat herzlich willkommen zu sein. Für das Wochenende darauf hatte ich darüber hinaus bereits eine Verabredung in Düsseldorf, bei Robert und Denise. Mit Robert verband mich eine Freundschaft aus alten Schultagen und auch wir kannten uns seit mehr als fünfunddreissig Jahren. Für ausreichend Abwechslung war in den kommenden Tagen somit gesorgt. ›Schwelbrand‹ Betty kokelte dennoch beständig in mir und verwandelte nervliche Substanz in Asche. Fenja hatte ich über die neuerliche Entwicklung nicht in Kenntnis gesetzt und sie ließ es sich deshalb auch nicht nehmen, mir neue Informationen zukommen zu lassen:

»Ich hab mit Leuten gesprochen, die deine Betty kennen und ihnen mitgeteilt, dass du mit ihr zu tun hast. Sie meinten nur ›uiuiuiuiui‹. Ich glaube, da hast du dir was ›ganz Feines‹ zugelegt.«

Mich interessierte das nicht. Ich wollte auch nicht wissen, von wem sie ihre ›Auskünfte‹ bekommen hatte.

»Die hat dich voll am Wickel, was«, meinte Fenja auf meine Nichtreaktion noch hinterherschieben zu müssen. Aber auch derartige Sticheleien würde ich mir in den kommenden Tagen nicht mehr anhören müssen. Es war höchste Zeit, die Umgebung zu wechseln.

Sowie ich meine Taschen gepackt hatte – da kam nicht wenig zusammen, schließlich brachte ich, bis auf die PA-Anlage, sämtliches Equipment inclusive der Lichttechnik selbst mit- stand mir ein beschwerlicher Weg bevor. Meine Reise nach Viersen führte über Mönchengladbach. Dies bedeutete, dass ich mich nun an den Bahnhof begeben musste, an dem ich mich zuletzt mit Betty für unseren Wochenendtrip verabredet hatte. Um der Situation ein kleines Krönchen aufzusetzen, nahm ich selbstverständlich auch denselben Zug dorthin, wohlwissend, dass der Sitzplatz neben mir sehr leer bleiben würde und ich unsere letzte gemeinsame Reiseroute noch einmal durchleben würde, was nicht ohne romantische Erinnerungen vonstattengehen könnte. Ohne Betty. Ohne ihre Nähe. Ohne ihren Duft. Ohne den Blick in ihre Augen. Ohne alles, was mir fehlte. Bereits der Anblick der Sitzbänke im Bahnhof, auf denen wir zuletzt gemeinsam gesessen hatten, bereitete mir Unbehagen. Alles erschien mir ›unbeseelt‹. Dennoch besorgte ich mir am Kiosk zwei Reisebiere. Eins für mich, eins für Betty. Sie überließ mir ihres großzügig. Prosit, Darling. Es möge nützen.

Nach meiner Ankunft in Viersen erledigte ich zunächst den Aufbau meiner Anlage. Das wurde immer als Erstes erledigt. Für den Soundcheck musste »Save the Arctic« von Winterkälte herhalten. Es schepperte, wummerte, war laut und stellte die Grundmauern auf die Probe. Ralf war natürlich neugierig:

»Und jetzt ist das schon wieder vorbei, oder was«, wollte er wissen.

»Man weiß es nicht. ›Borderline‹ eben. Kann morgen schon wieder anders aussehen.«, antwortete ich und merkte, wie ich mir selbst Hoffnung machte.

174

»Nimm dir doch mal eine normale Frau«, ergänzte er.

»Die fällt aber nicht mal eben vom Himmel. Und außerdem: Eine normale Frau wird mit mir krank. Eine kranke Frau kann mit mir gesunden!«

»So wie deine kranke Tuse aus Frankfurt damals?«

»Stephanie? Die hab ich völlig verdrängt. Ruf mir die jetzt bloß nicht wieder auf den Plan.«

»War die nicht auch ›Borderlinerin‹?«

»Die war alles. Borderlinerin, depressiv, hatte Bulimie, war tablettenabhängig, dissoziativ gestört, promiskuitiv, falsch, verlogen und vereinte etwa fünf Persönlichkeiten in einem Körper. Meine Aufgabe war es stets, herauszufinden, mit welcher Person ich gerade konfrontiert bin.«

»Und das mit Betty ist natürlich ganz anders, oder«, hörte ich Ironie in seiner Stimme?

»Ich bin heute eigentlich hier, um auf andere Gedanken zu kommen. Wir sollten das Thema ruhen lassen.«

»Na, du kannst dich später noch schön austoben. Heute wird es sehr voll werden.«

»Das hoffe ich doch. Hab meine Playlist aktualisiert und viel ›Neues‹ mitgebracht.«

»Wir legen uns aber nachher noch ein ›Stündchen‹ hin. Die Nacht wird lang werden. Trink jetzt nicht so viel Bier vorher.«

Das sagte Ralf nicht wirklich unbegründet. Es war gerade einmal zwei Jahre her, dass ich zum Auflegen nach Viersen gefahren bin, mich nachmittags völlig abgeschossen hatte, um dann gegen 22.00 Uhr das DJ-Pult umzuschmeißen, und meinem Auftritt ein jähes Ende verpasst hatte. Im Grunde war es nur dem Publikum zu verdanken, welches sich später immer wieder erkundigte, wann ich denn nochmal auflegen würde. Ralf und Claudia hatte dies dazu verholfen, sich einen Ruck zu geben und mich zurückzuholen. Einen weiteren Fauxpas in dieser Richtung dürfte ich mir nicht erneut leisten. Aber nun gut, vor zwei Jahren war ich schließlich auch am Folgetag um 14.00 Uhr mit Nadja in einem Stundenhotel in Köln verabredet. Wir hatten uns für vier Stunden die ›Asia Suite‹ reserviert. Ich war damals zurecht aufgeregt, konnte den kommenden Sonntag nicht erwarten und glaubte, mir die Wartezeit durch reichhaltigen Bierkonsum verkürzen zu können. Das war dann eben nach hinten losgegangen. Etwas Vergleichbares stand nun nicht bevor. Ganz im Gegenteil.

Die zwei Stunden ›Mittagsschlaf‹ im leeren Gäste-bett, welches bequem für eine weitere Person Platz geboten hätte, sollten mir guttun. In meinem Zustand gehörte ich ohnehin nirgendwo anders hin. Dennoch komme ich nicht umhin, den Partyabend gegen 21:00 Uhr beginnen zu lassen. Ralf hatte keine falschen Versprechungen gemacht. Es füllte sich, teilweise mit mir unbekannten Gesichtern, die mir widerwillig abverlangten, ›Temple of Love‹ von den Sisters of Mercy aufzulegen, was ich bis ca. 2 Uhr am frühen Morgen vehement ablehnte. Erst danach verkaufte ich meine DJ-Seele und erfüllte auch diesen in Fachkreisen verpönten Musikwunsch. Zum anderen Teil durfte ich glücklicherweise auf viele bekannte alte Gesichter treffen.

»Dir ging es aber in der letzten Zeit schlecht, was«, wurde ich auf meine jüngsten Facebookbeiträge nicht selten angesprochen. Mir blieb nichts anderes übrig, als jeweils in einem sehr kurzen Abriss über meine Begegnung mit Betty zu berichten.

»Dann sei aber mal froh, dass du aus der Sache jetzt raus bist«, kam es im Allgemeinen zurück. Was sollten sie auch sonst sagen?

Um den sozialen Netzwerken zu signalisieren, dass es mir ›außerordentlich gut ginge‹, ließ ich natürlich nicht davon ab, ausreichend Bildmaterial der Veranstaltung zu publizieren, wohlwissend, dass auch Betty bald davon Notiz nehmen würde.

Dies geschah jedoch erst am Folgetag, als ich bereits in der Bahn saß, um meine Rückreise anzutreten. Auf halber Strecke stellte ich fest, dass sie meine Beiträge aus der Nacht zuvor mit dem ›blauen Daumen‹ versah und mir über den Chat einen Link zu einem Musiktitel (Madrugada – »Majesty«) zukommen ließ. Natürlich hatte ich auf den Text zu achten und es gelang ihr damit etwas in mir auszulösen, was über die ›Lyrics‹ eines Liedes nur sehr selten gelingt: Ich brach in Tränen aus.

»Warum gehst du mir nicht aus dem Kopf«, wollte Betty wissen.

Warum sollte ich das auch, dachte ich mir. So war es doch recht.

»Weil wir ›Magnetmenschen‹ sind«, antwortete ich halbwegs poetisch.

»Und ›Magnetmenschen‹ verlieren sich nicht«, quittierte sie umgehend.

Damit hatte sie völlig recht. Ich erfuhr, dass Thomas nun komplett bis Ende des Jahres zuhause sein würde. Dies würde unsere Kommunikation fortan erschweren, da sie nicht mehr ungestört telefonieren konnte. Da ich mich in einer vergleichbaren Situation befand, brachte ich hierfür natürlich vollstes Verständnis auf.

»Wir sollten uns sehen. Bist du am Montag auf dem Markt und könntest dir nach Feierabend noch etwas Zeit einrichten?«

»Ja. Das geht!«

»Dann treffen wir uns im ›Pendel‹ auf einen Tee. Das ist lange überfällig!«

»Ich mache um 17:30 Uhr Feierabend. Soll ich Dir Obst und Gemüse mitbringen?«

»Och, wie lieb. Sehr gerne.«

»Was möchtest du denn haben?«

»Was wegmuss, egal!«

War es nicht herrlich? Ab nun gab es frisches Obst und Gemüse. Hartz 4 durfte kommen. Was brauchte ich mehr zum Leben als Bettys Nähe und gesunde Naturalien? Ich sollte ihr nicht aus dem Kopf gehen und sie schien die Zeilen aus der ›Friseurin‹ verarbeitet zu haben. Es war nicht mehr wichtig. Was für ein kluges Mädchen sie doch war. ›Alles auf Anfang‹ und nun für immer.

Pendel I

Ich stolperte bereits gegen 17:00 Uhr über den Markt und vergewisserte mich aus etwas Distanz, dass Betty anwesend ist. Die Menge anwesender Leute – bedingt durch den gleichzeitig stattfindenden Weihnachtsmarkt- bot mir ausreichend Schutz, unentdeckt zu bleiben. Sie tat mir ein wenig leid, wie sie dort stand, die Kälte ertragen musste und womöglich unpässliche Kunden bediente. Ein wenig blass und erschöpft wirkte sie, aber ein heißer Tee würde sie sicherlich gleich auf Vordermann bringen. Mir brannte eine Frage auf den Lippen und während ich vor dem Eingang des ›Pendels‹ auf sie wartete, überlegte ich mir, wie ich diese heute am geschicktesten anbringen könnte. Ich wollte eine klare Auskunft von Betty haben, ob – und wenn wie- es mit uns beiden weitergehen könnte. Ja, insgeheim erwartete ich, dass sie nun – nach diesen etwas holprigen Anfängen- sich zu mir bekennen und eingestehen würde, dass wir in den Bund einer Beziehung eintreten würden. Und dies ohne ›wenn‹ und ›aber‹. Das bedeutete, dass Thomas vollumfänglich hierüber in Kenntnis gesetzt zu werden hatte. Was ihre Tochter betraf, so würde es mir vorerst ausreichen, dass sie darüber informiert ist, dass es einen neuen

Mann an der Seite der Mutter gab. Ein persönliches Kennenlernen stand hier nicht an oberster Stelle. Eile mit Weile.

Sicherlich war es dieser Anspannung in mir auch geschuldet, dass ich Betty nicht – wie sonst üblich- mit einer herzlichen Umarmung und einem Kuss begrüßte, als sie denn gegen 17:40 Uhr ihr Antlitz durch das weihnachtliche Feiervölkchen schob und mir gegenüberstand. Sie trug ihre ›Schlabberklamotten‹, war ungeschminkt und somit auf ihre ganz eigene Art und Weise natürlich unwiderstehlich schön.

»Du hättest mich auch ganz normal begrüßen können«, merkte sie an, als wir an der Bar auf Kunstledersitzen Platz genommen hatten. Uns gegenüber führte eine Treppe in die oberen Gasträume. Das Geländer war weihnachtlich geschmückt und in goldenen Buchstaben hatte man dort das Wort ›P E N D E L‹ angebracht. Ich saß Betty zunächst gegenüber, studierte Blicke und Mimik.

»Ey Typ«, schoss es aus ihr heraus, »Weißt du eigentlich, wie du mir gerade gegenübersitzt?«

»Verrate es mir«, versuchte ich mit Gelassenheit zu antworten.

»Deine Haltung ist aggressiv. So hab ich dich noch nicht vor mir gehabt und es wirkt so, als würdest du nur darauf warten, mich zu fragen, wie es mit uns beiden weitergeht!«

»Hoppla! Volltreffer. Nichts anderes geht mir durch den Kopf!« Sie hatte mich völlig durchschaut.

»Ja, ich will mit dir zusammensein. Es nervt mich schon etwas, dass du dir da so unsicher bist. Was bedeutet dir Sex eigentlich?«

Was sollte ich hierauf antworten? Ich kann mich auch gar nicht mehr erinnern, wie ich auf diese Frage reagiert hatte. Aus dem Tee war übrigens nichts geworden. Wir saßen bei Rotwein und Bier. Betty stellte ihr Glas ab, sah mich an und sagte:

»Ich frage das nicht ohne Grund. Denn ich habe noch einmal mit Thomas geschlafen!«

Die Kraft meiner Hand reichte nicht dazu aus, das zu dickwandige Bierglas zu zerdrücken. Stattdessen verwandelte ich mich in einen kleinen Jungen, der sich in Vladimirs Armen befand. Er blickte mir ins Gesicht und flüsterte mir zu:

»Ich bin für dich gestorben. Weißt du noch? Nun kannst du beweisen, dass es dies wert war!«

»Das ist OK. Das habe ich voll und ganz einkalkuliert.«, antwortete ich.

»Was ist *das* denn jetzt für eine coole Reaktion? Als deine Lena in der ›Friseurin‹ dir etwas Ähnliches gebeichtet hat, hast du ganz anders reagiert.«, wunderte sich Betty.

»Ich habe dir mehrfach gesagt, dass ich damals jemand Anderes war. Aber kann es sein, dass du mir das nur erzählt hast, damit ich es hier und jezt beende?«

»Nein. Natürlich nicht. Hab ich dich jetzt eigentlich *betrogen*?«

»Irgendwie fühlt es sich so an. Aber besser jetzt, als später. Darf ich zu dir aufrücken? Ich würde dich gerne in den Arm nehmen.«

»Natürlich darfst du das.«

»Man erzählt sich übrigens, dass du Thomas verlassen hättest, nachdem du erfahren hast, dass es ihm finanziell nicht gut gehen würde.«

»Wer erzählt das?«

»Keine Ahnung. Irgendjemand mit dem Fenja in Kontakt steht und der euch beide kennt. Thomas selbst müsste das dann ja so erzählt haben.«

»Das ist völliger Quatsch. Das ist ›stille Post‹. Mir bedeutet Geld überhaupt nichts. Wie viel hast du im Monat noch übrig, wenn alle Deine Kosten bezahlt sind? Hast du Schulden?«

»Je nach Monat bleiben mir so 800 bis 1000 Euro übrig. Und Schulden habe ich keine.«

»Wirst du dir wieder ein Auto kaufen?«

»Zur Mitte des kommenden Jahres eventuell. Wenn das mit meinem neuen Job in trockenen Tüchern ist. Vorher wäre es Unsinn!«

»Du musst wieder Auto fahren. Versprich mir das!«, forderte Betty.

»Ich biete dir an, dass ich kommenden Monat ein paar Aufbaufahrstunden nehme. Ich bin so lange nicht gefahren. Ich halte das für sinnvoll. Und dann kann ich dich auch fahren, wenn du magst.«

»Okay. Und ich möchte, dass du mich wieder auf dem Markt besuchen kommst. Außerdem möchte ich, dass wir uns nicht über Facebook-Beiträge gegenseitig etwas mitteilen. Wir nutzen andere Kanäle dazu, OK?«

»Auf jeden Fall. Geht alles klar. Ich bin morgen direkt bei der Fahrschule und in den kommenden Tagen auf dem Markt. Aber du hast auch etwas zu tun!«

»Was denn?«

»Ich möchte, dass Thomas über uns Bescheid weiß.«

»Ja, ich hab da etwas zu tun. Er denkt nämlich immer noch, dass es mit ihm und mir irgendwie weitergeht, wenn wir in getrennten Wohnungen leben. Aber wie soll das mit ihm weitergehen? Dass wir dann in zwei Monaten wieder an dem Punkt sind uns zu trennen?«

»Du lieferst ihm aber auch entsprechende Signale, die ihn das hoffen lassen. Das müsste wohl auch ein Ende haben!«

»Ja, das war dumm von mir. Ich lag einfach in meinem Bett und wollte schlafen und er legte sich plötzlich dazu, war hinter mir und es ist passiert.«

»Egal jetzt!«

Es gesellten sich zwei weitere Damen je Anfang fünfzig an unseren Tisch. Mich störte es, da ich gerne mit Betty alleine gewesen wäre. Sie hingegen erwies sich als ›freundliche Gastgeberin‹ und verwickelte sie in ein Gespräch. Der Dame zu meiner linken war schnell anzusehen, dass sie sich von Bettys überschwänglicher Kontaktfreude etwas angenervt fühlte. Auf die Frage hin, ob wir beiden *ein Paar* wären, entgegnete Betty mit einem überzeugendem ›Ja‹. Das konnte mich für das Missfallen ihrer Anwesenheit ein wenig entschädigen. Auf die Frage hin, wie wir uns kennengelernt hätten, entschuldigte sich Betty mit den Worten »Erzähl du mal« und verschwand lächelnd Richtung Besuchertoilette. Ich gab meine kleine Geschichte zum Besten und erntete wohlwollenden Respekt, schilderte, wie ich meiner Herzensdame wochenlang auf dem Wochenmarkt begegnen wollte und ihr nacheiferte.

»So etwas gibt es heute noch«, wurde ich anerkennend gefragt.

»Scheinbar ja. Das macht es so einfach, aus der Masse hervorzustechen«, wusste ich zu antworten. Dass man sich dadurch jedoch auch zum absoluten ›Vollhonk‹ macht, wusste ich geschickt zu verschweigen. Dies hatte auch keinerlei Bedeutung mehr. Schließlich waren wir nun ein Paar. Ein wenig erschien es mir jedoch, als hätten die beiden Damen etwas Mitleid mit mir. Das brauchten sie aber nicht zu haben. Ich war immer schon meines eigenen Glücks Schmied. Und mit Betty hatte ich mir mein Meisterstück zurecht gehämmert. Wie schön es noch glühte. Nachdem die beiden Frauen sich an unserer Pizza bedient hatten, die Betty großzügig anbot (was ja auch kein Opfer darstellte), verabschiedeten sie sich, um uns beiden noch etwas Zweisamkeit zu ermöglichen. Vermutlich hatte ich längst ausgestrahlt, dass mir danach war.

»Kommendes Wochenende verbringe ich in Düsseldorf bei Robert und Denise. Das hab ich jetzt ausgehandelt, als es zwischen uns beiden im ›Argen‹ lag. Da weiche ich auch nicht von ab. Die

Verabredung steht. Aber spätestens wenn ich Samstag mittag aus Düsseldorf zurück bin, dann komme ich zum Markt. Soll ich euch heißen Kaffee mitbringen?«

»Das kannst du gerne tun. Mein Kollege trinkt gerne schon einmal einen ›Kaffee spezial‹, wenn du weißt, was ich meine«, lächelte meine Prinzessin.

»Geht klar«, ich konnte das zuordnen.

»Übermorgen hat meine Tante ihren siebzigsten Geburtstag. Wir feiern ganz in deiner Nähe bei einem Italiener. Da ist ein großer Teil meiner Familie anwesend.«

Sowie ich dies zur Kenntnis nahm, sollte etwas ›Wunderbares‹ geschehen:

Aus der oberen Etage stürzte eine völlig betrunkene Frau südländischer Herkunft die Treppe hinunter. Sie mag wohl etwa fünfundfünfzig Jahre alt gewesen sein. Während ihres Fluges riss sie große Teile der Treppendekoration mit sich, bevor sie, durch einen markerschütternden Knall begleitet, mit dem Schädel auf dem Boden im Erdgeschoss aufschlug. Natürlich leistete Betty sofort erste Hilfe, obwohl sich ein ausreichender Tumult an Menschen um das Unfallopfer versammelt hatte. Der Rettungswagen wurde bestellt, das Pendel in Aufruhr.

Wie schön, dachte ich, als mir bewusst wurde, dass heute Abend erstmalig die Menschen um uns herum eskalierten, während Betty und ich fast ganz normale Besucher einer Gaststätte waren. Es war alles in bester Ordnung. Noch einmal blickte ich auf die - nun in Mitleidenschaft gezogene- weihnachtliche Dekoration des Treppengeländers. Wo vor der akrobatischen Darbietung unseres ›Sturzflug-Geiers‹ noch »P E N D E L« stand, war nun in güldenen Lettern zu lesen:

E N D E

Das Dorf

Wäre es nach mir gegangen, hätte diese Geschichte hier tatsächlich ihr Ende gefunden und es wäre an der Zeit gewesen, die Hochzeitsglocken erklingen zu lassen. Aber Hand aufs Herz: Das kann es noch nicht gewesen sein. Schließlich sitze ich nicht mit dem Ziel hier an meinem Schreibtisch, ein Drehbuch für eine ZDF-Vorabendserie zu verfassen. Was nun folgt, mag inhaltlich schnell erzählt sein, jedoch muss ich mich bemühen, die Ereignisse sorgfältig und chronologisch zu sortieren. Vieles von dem, was ab hier stattgefunden hat, geschah hinter meinem Rücken und in meiner Abwesenheit. Somit ist es auch erklärlich, dass ich selbst die ganze Wahrheit nie herausfinden werde und nur mutmaßen kann. Erschwert wird diese Angelegenheit dadurch, dass sich Bettys Reaktionen nur in sehr seltenen Fällen logisch herleiten lassen.

Nach unserem Abend im ›Pendel‹ berichtete mir Betty im Nachhinein, dass ihre Situation zuhause noch aus dem Ruder gelaufen sei. Thomas hatte sich echauffiert, dass sie so spät am Abend erst nach Hause gekommen sei und er hatte richtig vermutet, dass ich wohl der Grund dafür gewesen wäre. Er soll wohl bereits nach dem Konsum einer halben

Flasche Whisky sehr ›unangenehm‹ geworden sein und das Haus schließlich unter Demonstration seines Mittelfingers wutentbrannt verlassen haben. Mir war alles lieber, als dass er sich mit ihr unter einem Dach aufgehalten hätte. Bei allem was Recht ist, was ihn betrifft, dürfte ich keinerlei Mitleid entwickeln. Die Natur ist hart. Es gilt das Recht des Stärkeren. Für ›meine Frau‹ tat es mir hingegen sehr leid, dass sie diese unsägliche häusliche Situation aushalten musste. Nichts sehnte ich mehr herbei, als den Zeitpunkt, da sie ihre gemeinsame Wohnung auflösten, um fortan getrennte Wege zu gehen. Natürlich war es Betty unter diesen Bedingungen noch nicht gelungen, ihrem ›Ex‹ die neue Situation mit mir vollständig zu beichten. Und selbstverständlich konnte ich das verstehen. Ich hingegen kam meinen neuesten Verpflichtungen nach.

Hierzu gehörte auch, dass ich nach meinem jüngsten Ausraster wieder meine ›Tagesstätte‹ besuchen musste und es war mir sehr angenehm, Frau Mross vorerst aus dem Wege zu gehen und so zu tun, als sei alles in bester Ordnung. Also entschied ich mich dazu, am kommenden Tag mit einem ›Kollegen‹ in die Stadt zu fahren, um in der Zentralbibliothek unsere Spendenboxen auszutauschen. Auf dem Weg dorthin, kam mir eine zündende Idee, wie ich zwei Fliegen mit einer Klappe schlagen könnte.

»Patrick, was hältst du davon, wenn du die Boxen eben austauschen gehst und ich uns währenddessen etwas Obst auf dem Markt holen gehe?«

»OK, kein Problem«, entgegnete er etwas verwundert.

»Ich würde mir natürlich gleichzeitig noch ein ›schnelles Küsschen‹ abholen gehen«, ergänzte ich.

»Ich verstehe! Kein Problem«, grinste er.

An der Bibliothek angekommen, rannte ich, was das Zeug hielt. Mir blieben etwa zehn Minuten, da wir im absoluten Halteverbot standen. Zu dieser Zeit hätte Betty niemals mit mir gerechnet, dessen war ich mir bewusst. Mir war danach, die frühmorgendlichen ›Glühweintrinker‹ umzurennen, sie beiseite zu stoßen, um mir den Weg zu ebnen. Der Gemüsestand kam näher. In Zeitlupe. Obwohl ich lief wie ein Irrer, bewegte sich alles vor meinen Augen verlangsamt ab.

»Du wolltest, dass ich dich auf dem Markt besuche! Hier bin ich«, begrüßte ich sie völlig aus der Puste.

»Wo kommst du denn jetzt her, wie schön«, lächelte sie und fuhr fort: »Warte mal, ich komme mal eben nach vorne.«

Als Betty hinter dem Verkaufsstand hervortrat, sich auf mich zubewegte, um mich in alles Selbstverständlichkeit in den Arm zu nehmen und zu küssen, stand der ganze Markt für wenige Sekunden still. Nun konnten alle sehen, dass wir ein Paar waren. All die sabbernden Eier- und Olivenverkäufer, die ihr den ganzen Tag über sabbernd ins Antlitz blicken konnten, all die männlichen Kunden, die vermutlich mit handgeschriebenen Liebesbotschaften an sie in der Tasche dort Schlange standen, ja sie alle wussten nun, dass Betty zu mir gehörte. Und was hatte sie sich für einen tollen Typ ausgesucht, oder? Rieke, ihre Chefin wirkte verstört. Aber das gefiel mir.

»Baby, lass mich zwei rote Äpfel mitnehmen. Ich kann nur kurz hier sein. Wir stehen im Halteverbot und ich habe versprochen innerhalb von zehn Minuten wieder am Wagen zu sein.«
Natürlich zückte Betty die beiden schönsten Äpfel hervor, die der Stand zu bieten hatte und Rieke signalisierte derweil, dass diese ›aufs Haus‹ gingen. Dankbar nahm ich die verbotenen Früchte entgegen und verabschiedete mich so schnell, wie ich gekommen war.

»Nun wisst ihr Bescheid«, triumphierte ich lauthals im Weggehen. Ich war der Held vom Erdbeerfeld!

Gegen 13 Uhr erhielt ich eine Sprachnachricht von Betty:

»Baby, das war so schön, dich heute auf dem Markt zu sehen. Aber sag mal, kann es sein, dass mir die Fenja gerade hier auf dem Markt begegnet ist und mir bitterböse Blicke hat zukommen lassen? Grüne Jacke, grüne Strumpfhose?«

»Oh je, was sie gerade tagsüber so treibt, das weiß ich nicht. Eine grüne Jacke und grüne Strumpfhosen hat sie. Ich kläre das heute Abend mal«, ließ ich sie wissen.

Hierüber war ich in gewisser Weise wütend. Zumal Fenja seit kurzem eine neue Liebschaft hatte und für gewöhnlich nach ›heißen Nächten‹ tagsüber auf der Couch lag und ihre Wunden abheilen ließ. Warum sollte sie sich nun auf diese Weise in meine neue Liebschaft einmischen? Dazu gab es doch keinen Grund. Leben und Leben lassen. Sollte dies nun die Art der ›angenehmsten Trennung‹, die ich je erlebt habe, darstellen?

Auf dem Heimweg kehrte ich kurz bei der Fahrschule ein, um mich nach der Möglichkeit zu erkundigen, ›Aufbaufahrstunden‹ zu nehmen. Fünfundvierzig Minuten kosteten je 49,90 Euro. Das war ein überschaubarer Preis. Nach dem 15. Dezember waren wieder Plätze frei. Ich hinterließ meinen

Namen und Rufnummer, um kurzfristig Termine vereinbaren zu können. Kaum einen Tag nach meinem letzten Treffen mit Betty hatte ich meine Aufgaben pflichtgemäß erfüllt. Es fühlte sich gut an. Natürlich war das keine Meisterleistung, aber immerhin konnte sie sich auf mich verlassen.

»Du kannst dir meiner nie sicher sein«, sagte sie oft, gerne und zu unterschiedlichsten Anlässen. Borderline ist Freifahrtschein! Ich hatte ein Vorbild zu sein, um zu zeigen, dass es sehr wohl andersherum geht. Oder ein kleiner Schwachkopf, wie man es gerne nimmt.

Zu Hause saß Fenja lächelnd auf der Couch. Ich musterte ihre Kleidung. Von grüner Jacke und ebensolchen Strumpfhosen keine Spur. Trotzdem brannte mir eine Frage auf den Lippen:

»Wie war es denn heute auf dem Markt?«

Sie lachte herzhaft und entgegnete:

»Das sind ja sehr kurze Kommunikationswege. Tatsächlich, ich war heute auf dem Markt.«

»...und hast Betty bitterböse Blicke zukommen lassen. Was soll das?«

»Das stimmt doch gar nicht. Ich war aber sehr erschrocken, als wir beide plötzlich intensiven Augenkontakt hatten. Da war nichts Böses von mir. Aber soll ich dir etwas sagen? Ihr beide, das passt wie Arsch auf Eimer. Und ihre Augen, die sind so richtig deins. Mir ist einiges klar geworden. Und weißt du was? In ihr steckt auch ein kleines und verletztes Kind.«

»Sie trug heute gefärbte Kontaktlinsen. Ihre natürliche Augenfarbe ist noch um einiges schöner.«

»Sie trägt gefärbte Kontaktlinsen, während sie auf dem Markt Gemüse verkauft? Da, dann würde ich mir aber mal Gedanken machen.«

»Sie hat viel geweint in letzter Zeit, vielleicht will sie das damit etwas kaschieren«, nahm ich Betty in Schutz.

»Sie hat viel geweint? Die Arme!«

»Dir geht es gut oder?«

»Ja, ich bin nicht mehr die *ungefickte* Fenja, die ich die letzten Jahre gewesen bin.«

»Das freut mich und ich gönne es dir.«

»Ich bin jetzt mit Thorsten Schneidbrenner *zusammen*, wobei das auch nicht richtig ist. Wir verbringen Zeit miteinander, lernen uns kennen und leben dabei auch Leidenschaft aus, die ich über die letzten Jahre mit dir nicht mehr erfahren durfte. Schau ihn dir doch mal bei Facebook an. Er ist ein recht interessanter Mensch.«

Natürlich war ich neugierig zu sehen, wer Fenja da nun in den zweiten Frühling schaukelte und gab seinen Namen in die Suchmaske ein. Schön. Interessanter Kerl, dachte ich beim Anblick seines Profilbildes, um direkt im nächsten Augenblick zu erschrecken.

»Wir haben eine gemeinsame Bekannte! Errätst du, wer es ist«, fragte ich Fenja.

»Wer? Sag schon!«

»Betty Steinhart!«

»Mach keinen Quatsch!«

»Doch. Es ist so!«

Ich setzte Betty umgehend in Kenntnis und schrieb ihr eine Nachricht:

»Fenja war heute auf dem Markt. Ihr habt euch tatsächlich gesehen. Sie sagte aber, dass sie lediglich erschrocken war, als ihr beide plötzlich Augenkontakt hattet. Sie selbst bestreitet, dass sie dir böse Blicke hat zukommen lassen. Aber sie sagt auch, wir würden wie ›Arsch auf Eimer‹ zueinander passen. Und übrigens, ihr neuer Stecher ist jemand, den du wohl auch kennst. Er heißt Thorsten Schneidbrenner!«

Ihre Antwort ließ nicht lange auf sich warten:

»Och, der Thorsten. Den kenne ich gut. Das war früher einmal ein richtiger Sunnyboy. Ich mag ihn gerne und kann mir übrigens kaum vorstellen, dass er etwas Negatives über mich sagen würde. Er ist außerdem ein sehr guter Freund von Thomas. Allerdings kann ich mir auch kaum vorstellen, dass die Liaison zwischen Fenja und ihm lange anhalten wird. Dafür führt er einen zu unsteten Lebenswandel.«

Ich wollte den Beweis erbringen, dass diese Stadt ein Dorf ist. Dies habe ich hiermit getan. Mir gefiel das überhaupt nicht. Ich zweifelte auch sehr an der *Zufälligkeit* dieser neuen Konstellation. Belege hierfür konnte ich jedoch keine erbringen. Ich wusste einzig, dass all dies nichts Gutes verheißen konnte. Ich hielt es für klug, Betty fortan nichts über Thorsten und Fenja zu berichten und auf der anderen Seite Fenja auch nichts mehr über Betty und mich zu erzählen. Als bröckelnder Korken im Arschloch der Verdammnis, eingepresst zwischen zwei Backen, da hält man lieber die Fresse. Zumal ich wusste, dass Thomas über Thorsten nun einen direkten Draht zu Fenja hatte. Besser konnte es wirklich nicht laufen. Ab diesem Moment war ich nicht mehr fähig, objektiv einzuschätzen, was um meine Person herum geschah. Und ich merke auch, wie mich meine Kräfte verlassen, mit all der aufkeimenden Wut, der Enttäuschung, dem Schmerz; ja ich merke, wie schwer es mir fallen wird, diese Geschichte zu einem anständigen Ende zu bringen. Keine

Geschichte zuvor- hierbei schließe ich auch die ein, die ich nie geschrieben habe- hat es je geschafft, mich so sehr aus der Bahn zu werfen. Und es gab schon so einige Geschichten. *Das hier*, wird mich bis ans Lebensende begleiten. Ich weiß nicht viel, aber *dies* ist eine absolute Gewissheit. Als Schriftsteller darf ich auch einmal versagen. Jetzt ist der beste Augenblick.

Familienfest

»Ich bin ganz in deiner Nähe«, ließ Betty mich am Dienstagabend um 19:24 Uhr wissen und schickte ein paar Bilder ihres hübschen Angesichts anbei.

»Ich sehe eine bildhübsche Frau, die ich tief in meinem Herzen spüre. Hab einen schönen Abend. Ich weiß doch, dass du heute Abend *hier* bist«, antwortete ich bereits etwas schlaftrunken.

»Sag was«, forderte sie etwa zehn Minuten später. Ich wagte ein kleines Experiment.

»Soll ich auf einen Absacker rumkommen?«

»So in einer Stunde, wenn du magst.«
Tante Anni feierte ihren siebzigsten Geburtstag und *ich* dürfte in der Reihe der Familienangehörigen meiner Herzdame einen Platz einnehmen? Sollte ich mir das zweimal sagen lassen? Mit leeren Händen durfte ich dort nicht erscheinen und weil die *gewöhnlichen Blumenläden* bereits geschlossen hatten, blieb mir keine andere Wahl, als wenigstens den Discounter noch um einen Strauß Rosen zu bemühen. Das gab mir zudem die Gelegenheit, mir noch ein Sturzbier für meine ›Anreise‹ mitzunehmen, schließlich konnte ich nicht ohne einen gewissen Anteil Hopfen im Blut einfach einmal so in eine neue Gesellschaft hineinzuplatzen.

Den fragenden Gesichtern am Festtisch war deutlich zu entnehmen, dass man mich für einen Rosenverkäufer hielt. Betty lächelte. Ich gratulierte dem unbekannten ›Geburtstagskind‹, entnahm meinem mitgebrachten Strauß jedoch eine Rose, die ich Betty überreichte. Es folgte eine kurze Vorstellungsrunde und auch ich bekam nun eine Identität, als der ›Neue‹ an der Seite der schönsten Frau am Tisch, im Laden, in der Stadt, der ganzen Welt.

»Nun hast du es. Mit uns ist es ernst. Sonst hätte ich dich hier nie präsentiert.« Diese Worte gefielen mir.

»Ich werde etwas Zeit brauchen, bis ich mir alle Namen eingeprägt habe.«

»Und es waren *doch* böse Blicke, die Fenja mir hat zukommen lassen. Sie hat sich nicht nur einfach erschrocken.«

»Ich kann die Situation nicht beurteilen. Ich war nicht dabei. Aber weißt du was? Sie hat gesagt, dass wir zusammenpassen wie ›Arsch auf Eimer‹ in diesem Punkt stimme ich ihr auf jeden Fall zu hundert Prozent zu.«

»Ach, ist das so? Ich will ein Foto von uns beiden!« Betty übergab ihr Handy an ihre Nachbarin, mit der Bitte, uns beide im Bild festzuhalten. Es entstand eine Aufnahme, die sogar mir gefiel. ›Arsch auf Eimer‹, das stimmte voll und ganz.

»Übermorgen ist mein Gerichtstermin wegen meines Führerscheins. Dank da bitte ganz fest an mich«, bat Betty mich ängstlich.

»Ich werde den ganzen Tag nichts anderes tun«, versicherte ich ihr.

Nach dem Rotwein wurden nun die ›härteren Getränke‹ aufgetischt. Ich kam gerade zur rechten Zeit. Und doch löste sich die Runde allmählich auf, als Betty das Gespräch auf ihre schwierige Kindheit lenkte, ihre Verwandten darauf einstiegen und Geschichten zum Besten gaben, die hier keinerlei Erwähnung finden sollen und dürfen. Am Ende blieben wir zu dritt übrig, Betty, das Geburtstagskind und ich. Für einen gewöhnlichen Werktag, waren wir ›ordentlich unterwegs‹. Doch wie immer, wenn die vollen Flaschen leer und die leeren Flaschen voll sind, war es nun an der Zeit nach Hause zu gehen. Könnte ich Betty mit zu mir nehmen, läge sie in etwa zehn Minuten im Bett und könnte sich in meinen Armen ausruhen. Eines Tages, sehr bald sogar, würde das alles gehen. Was für ein herrlicher Gedanke.

Die Verhandlung

Mein Handy schwieg. Den ganzen Tag. Ich wusste, dass dies nichts Gutes zu bedeuten hatte. Denn hätte sie ihren Führerschein zurückerhalten- da war ich mir sehr sicher- hätte sie eine Nachricht gesendet, um die frohe Botschaft mit mir zu teilen. Andrerseits konnte Betty aber auch gerne schon einmal sagen, dass sie mich in zehn Minuten anrufen würde und dann geschah nichts. Es gab also eine sehr geringe Chance, dass doch nicht alles verloren wäre.

Erst auf meine Nachfrage hin, dass es mich doch sehr beruhigen würde, zu erfahren, wie ›die Sache‹ ausgegangen sei, erhielt ich gegen 19:30 Uhr einen Anruf.

»Naja, es ist nicht ganz so rund gelaufen, wie du schon richtig vermutet hast. Der Richter wollte mir den Führerschein sofort zurückgeben. Aber die Staatsanwältin will noch ein Gutachten anfordern, ob das mit meinem Promillewert, der Anzahl der Getränke und der Zeit, in der das alles stattgefunden hat, auch so stimmen könnte«, erzählte sie bedrückt.

Also wenn ich der Richter gewesen wäre, dann hätte sie die Fahrerlaubnis auch sofort zurückerhalten. Völlig gleich, was so eine dahergelaufene Staats-anwältin verlangt. Ich hätte ihr sogar zwei Führerscheine ausgehändigt, damit sie für den Fall des Falles einen in Reserve hat und sich diese Prozedur nicht erneut antun muss.

»Na also, da spielen doch auch verschiedene Faktoren mit hinein. Alter, Körpergröße, Gewicht, hattest du etwas gegessen und so weiter. Ich stelle mir das gar nicht so einfach vor, da ein repräsentatives Gutachten zu erstellen. Hast du denn bei den Angaben geflunkert?«

»Ich glaube ich habe zu viele Getränke genannt, die ich getrunken haben will. Das wären ja 0,3 Liter Jägermeister gewesen und ich hatte einen Promillewert von 1,2.«

»1,2 Promille sind ›vertretbar‹. Ab 1,6 hätte unweigerlich die MTU gewunken. Dann sagst du halt, dass du es nur geschätzt hast und nicht mehr genau weißt. Du hast dich ja auch in einem Ausnahmezustand befunden. Da kann man sich nicht an alles richtig erinnern.«

Ich war bemüht, meine Süße aufzubauen. Da ist die Bedeutung der Moral nebensächlich. Ach was, völlig unwichtig ist sie in diesem Falle. Einer ›armen Gemüseverkäuferin‹ so einen Prozess zu machen, *das* ist widerlich. Sonst nichts.

»Kannst du irgendwie für mich einmal recherchieren, ob das mit dem Alkoholwert so hinhaut?

Ich hab in der Angelegenheit sogar wieder Kontakt zum Guido Guthmann aufgenommen und ihn befragt. Ich zeige dir gerne einmal, was er dazu geschrieben hat.«

Also, bevor sie jetzt zu der Penispumpe wieder Kontakt aufnimmt, kümmere ich mich lieber um ordentliche Informationsbeschaffung, dachte ich mir. Es war ja nun wirklich nicht notwendig, eine alte Flachzange aus dem Gepäck zu kramen, wenn man stattdessen Dr. Thebach an seiner Seite haben kann. Lassen sie mich durch! Ich bin Arzt! Ich könnte auch das Gutachten erstellen. Dann wäre die ganze Angelegenheit nämlich ratzfatz vom Tisch!

»Morgen bin ich erst einmal in Düsseldorf bei Robert und Denise, aber wie versprochen komme ich am Samstag Mittag zum Markt und bringe euch heißen Kaffee«, erinnerte ich Betty.

»Da werde ich nur vermutlich nicht allzu viel Zeit haben.«

»Das macht nichts. Es geht um den Moment. Außerdem kann ich mir gut vorstellen, dass ich nach meiner Heimreise auch schnellstmöglich ins Bett will. Düsseldorf, mit den beiden, das geht nie so ganz ohne Opfer.«

»Wir telefonieren morgen. Ich ruf dich an!«

»Wär schade, wenn nicht. Ich verlasse mich auf dich, Baby.«

In Düsseldorf angekommen, hatte ich eine Menge zu erzählen. Ich war sehr froh, dass ich meinen Gastgebern aber von einem ›glücklichen Ende‹ berichten konnte. Aufmerksam lauschten sie meiner Geschichte, abwechseln begleitet von skeptischen Blicken und Heiterkeit. Dass Betty an diesem Abend sogar zwei Mal aus eigenen Stücken anrief, verlieh meinem Glück zusätzliche Strahlkraft.

Am nächsten Morgen vor meiner Abreise, saß ich alleine in der Küche, während Robert und Denise noch schliefen und blickte auf ein Bild, welches dort an der Wand hing. Es zeigte eine Frau im roten Petty-Coat, die eine Axt mit langem Stiel unter ihrem Arm trug und zielstrebig nach rechts marschierte. Ich musste es abfotografieren und umgehend Betty zukommen lassen:

»Nimm es mit Humor, ich sitze hier, die Gastgeber schlafen noch, blicke auf dieses Bild und muss dabei an dich denken. Bis gleich, Süße.«

Sie quittierte meine Botschaft ›lächelnd‹.

In der ›Heimat‹ angekommen, hastete ich in einen REWE-To-Go-Shop, organisierte vier große Becher Kaffee, Schoko-Cookies, Ferrero-Küsschen, sowie einen Weinbrand für den ›Kaffee-spezial‹ und bugsierte meine Leibesfrucht zum Gemüsestand, wo Betty mich freudig erwartete. Dankbar übergab ich Rieke meine Gaben. Meine Frau kam zu mir vor, nahm mich in den Arm und küsste mich.

»Du bist völlig verrückt«, sagte sie und ich begriff es als Kompliment.

»Möchtest du Gemüse mitnehmen«, fragte sie.

»Du bist mein Gemüse«, antwortete ich, während ich ihr auf die Schulter tippte. Tatsächlich wollte ich nach erfüllter Mission nach Hause, um etwas Schlaf nachzuholen.

»Es war so schön, dich zu sehen. Du hast uns so reichhaltig beschenkt heute. Du fehlst mir«, erreichte mich eine Sprachnachricht zum Nachmittag.

Pendel II

»Ich werde jetzt in die Stadt fahren, um hier raus zu kommen. Hier hat es gerade wieder so dermaßen mit Thomas geknallt. Ich muss hier raus«, berichtete mir Betty deutlich aufgewühlt, als sie mich am Montagabend anrief.

»Dann komme ich auch in die Stadt«, gab ich zu verstehen.

»Nein!«

»Doch!«

»Ich will nicht, dass du springst, nur wenn ich etwas sage!«

Das wird noch früh genug aufhören, genieße diese Zeit, dachte ich und antwortete:

»19:15 Uhr! Pendel!«

»OK. Ich freue mich, dich zu sehen.«

»Und mich ich erst, *dich* zu sehen. Bis gleich!«

Ich fand mich bereits zwanzig Minuten vor unserer verabredeten Zeit im ›Pendel‹ ein und reservierte unsere *angestammten* Plätze. Dies sollte sich als Fehler erweisen. Betty kam nicht. Ich kalkulierte die gewöhnlichen zehn Minuten Verspätung ein, blickte dabei stets auf den Haupteingang, doch meine Prinzessin wollte nicht hereinkommen.

»Ich warte seit zehn Minuten draußen. Wo bist du«, erreichte mich ihre Anfrage gegen zwanzig vor acht.

»Oh, ich warte drinnen und habe Plätze freigehalten. Komm doch rein«, schrieb ich zurück, worauf sich nur kurze Zeit später die Tür öffnete, um mir meine Miss Universum zu präsentieren.

»Wenn wir uns verabreden, immer draußen warten. Ich traue mich doch sonst nicht alleine rein«, befahl sie.

»Ich verliebe mich immer wieder aufs Neue in dich, wenn ich dich sehe«, versuchte ich die Situation zu entspannen.

»Ach, ist das so«, wollte Betty wissen. War so. Weshalb sollte ich lügen? Der Zauber unseres ersten und persönlichen Treffens im Brauhaus war doch nicht vergangen. Meine Süße bestellte einen Primitivo und ein Glas Wasser. Das hatte sich bereits etabliert und wenn ich ein kluger Junge gewesen wäre, hätte das ›Gedeck‹ auch schon bereits auf dem Tisch stehen können.

»Ich habe neulich einen Bericht gelesen, in dem es hieß, dass man sich als Mann rar machen sollte, um einer Frau zu gefallen. Das, was ich hier mache, immer und zu jederzeit da zu sein, das kann mir ganz schön das Genick brechen«, versuchte ich, den Abend physisch zu eröffnen.

»Dann behalte das doch für dich, du Spasti«, kokettierte sie lächelnd. Du *entzauberst* dein Wissen darüber doch nur, indem du es mich wissen lässt.«

»Ok, nächstes Thema. Was war heute los?«

»Der Makler war da und hat einundzwanzig interessierte Nachmieter durch unsere Hütte gejagt. Ich bin da etwas ausfällig geworden, weil ich das nicht abkann, wenn die Leute durch meine privaten Räume gehen. Thomas hat das etwas abgefangen, aber danach hat es geknallt und ich musste raus.«

»Wär mir auch zu viel. Vollstes Verständnis«, war die von mir zu erwartende Reaktion.

»Ich würde gerade am liebsten mit Dir eine Woche ans Meer fahren und weg sein.«

»Da wär ich dabei«, war die von mir zu erwartende Reaktion.

»Was haben wir schon für eine gemeinsame Geschichte! Das mit der Psychiatrie zum Beispiel. Und egal, was ich mache, du kommst immer wieder zurück. Als ich mich von Thomas getrennt habe, da wollte ich erst einmal nichts mehr mit Männern zu tun haben. Und *genau dann* kommst du in mein Leben. Hätten wir uns doch einfach ein halbes Jahr später kennengelernt. Dann wäre das ganze Theater nicht.«

»Die Psychologen sagen, dass wenn eine Sache so beginnt... «

»Jaja, ich weiß. Und Thomas möchte von dir einfach nichts wissen. Er tut so, als hätte es dich niemals gegeben. Er will noch nicht einmal ein Bild von dir sehen.«

»Zeig ihm einfach eins und sag *das ist meiner*. Das Ding ist noch offen. Das Bekenntnis. Fenja weiß, wer du bist. Wir müssen halt nur noch klären, wer ›Arsch‹ und wer ›Eimer‹ ist!«

»Bestellen wir etwas zu essen?«

»Gerne. Wieder Pizza?«

»Du suchst aus!«

»Willst du wie immer den ›Tabasco‹ klauen?«

»Natürlich. Extra-Flasche bitte!«

»Brokkoli, Salami, Chilischoten, doppelt Käse?«

»OK. Aber, ich muss dir etwas sagen!«

»Was?«

»Ich habe eine Essstörung!«

Na, wer hätte *das* gedacht!

»Was rein kommt, muss auch bald wieder raus«, erläuterte sie mir selbsterklärend. Wieso hatte ich das im Hotel in Mönchengladbach nicht mitbekommen? War sie einfach *Meisterin* ihres Fachs?

»Wie gefällt dir mein neues Oberteil«, wechselte Betty das Thema.

»Großartig. Steht dir ausgezeichnet. Wie alles«, gab ich zu verstehen, obwohl es sich einfach nur um ein ›Oberteil‹ handelte.

»Übrigens, ich war bereits bei der Fahrschule. Zu meinem Urlaub werde ich die Aufbaufahrstunden nehmen. Mit zwei Einheiten komme ich klar. Aber ich dachte mir, dass es besser wäre, das im Urlaub zu erledigen, damit ich nicht die erste Stunde nach ›Schulschluss‹ bei Dunkelheit nehmen muss.«

»Ist doch völlig in Ordnung. Und ich werde Thomas heute Abend definitiv offenbaren, dass ich in *dich* verliebt bin. Weißt du eigentlich, dass ich deinen Brief, den du mir geschrieben hast, immer bei mir trage?«

»Das wusste ich nicht, aber es freut mich sehr, dass er dir etwas bedeutet. Schlummert da etwa tatsächlich eine kleine Romantikerin in dir, von der ich noch nichts wusste?«

»Erwischt, Süßer! Ich denke, wir sollten es für heute Abend dabei belassen. Ich möchte *das* jetzt gerne hinter mich bringen und zuhause für Klarheit sorgen. Morgen Abend kommt noch einmal der Makler vorbei und schleust die zweite Ladung möglicher Interessenten durch unser Haus. Ich denke, dass ich das dann alleine durchstehen muss, weil ich mir nicht vorstellen kann, dass Thomas dabei sein wird.«

»Das wirst du schaffen. Ganz sicher. Höre ich von dir später noch etwas? Ich finde keine Ruhe, wenn ich nicht weiß, ob es dir gut geht, bei dem, was dir nun bevorsteht.«

»Aber sicher doch.«

»Komm, ich bringe dich zum Bahnhof und bleibe noch bei dir, bis dein Zug kommt.«

»Darf *ich* heute bitte bezahlen?«

»Wie du meinst. Beim nächsten Mal bin ich aber wieder an der Reihe, obwohl ich doch sehr davon ausgehe, dass bald die Zeit kommt, in der wir nicht mehr durch Kneipen ziehen müssen, um Zeit miteinander zu verbringen, obwohl ich finde, dass wir von Zeit zu Zeit doch noch einmal ein Hotel nehmen könnten. Ich kenne auch ein *schönes* Stundenhotel in Köln. Das hat so etwas *Verbotenes*. Ich mag diesen süßen *Plüschpornoduft*, der dort überall präsent ist.«

»Dann nimmst du aber bitte vorher deine Tablette gegen Restless-Legs, von denen du ja so animalisch wirst.«

»Es ist noch ein Jahresvorrat davon vorhanden. Der ist für dich reserviert.«

Mit dreiundfünfzig Euro, die auf unserem »Deckel« vermerkt waren, hatten wir tatsächlich einen vergleichsweise erschwinglichen Abend miteinander verbracht. Ich wusste, dass Betty, obwohl sie nicht fahren durfte, mit ihrem Auto bis zu ihrem Zielbahnhof gefahren war und nun von dort aus wohl auch gleich unerlaubt zurückfahren würde und dass, obwohl sie etwas getrunken hatte. Ich war noch im Besitz eines 50-Euroscheins, da ich an diesem Abend nicht für unsere Getränke aufkam, und bot Betty an, dass ich ihr diesen überlassen würde, wenn ich sie hierfür am Bahnhof in ein Taxi stopfen dürfte. Ich fühlte mich sehr unwohl bei dem Gedanken, dass sie in etwa dreißig Minuten in ihrem Zustand Auto fahren würde. Denn einer Sache war ich mir bereits sehr sicher: Auf meine Traumfrau musste ich aufpassen. Ich musste die Verantwortung für sie auf meine Kappe nehmen. Einerseits war dies sicherlich anstrengend, auf der anderen Seite jedoch vermochte Betty mich mit ihrer anarchistischen Lebensweise zu Handlungen anzustiften, die sehr heilsam bei der Überwindung meiner eigenen Ängste in völlig normalen Lebenssituationen waren. Ja, ich wäre mit Betty in ein Flugzeug gestiegen und ans Meer geflogen. Dabei wollte ich mein Leben lang keinen Flieger mehr betreten.

Mein Angebot, ihr eine Taxifahrt zu spendieren, lehnte sie jedoch mehrfach kategorisch ab.

Selbstverständlich verzichtete sie auch darauf, mir in jener Nacht noch eine Nachricht zukommen zu lassen, ob sie wohlerhalten zuhause angekommen wäre. Dieses Verhalten von ihr war mir mittlerweile ja auch bekannt. Ich hätte sie schlichtweg vorher nicht darum bitten dürfen, dann wäre ihre Meldung an mich eine Selbstverständlichkeit gewesen.

Folglich durchlebte ich eine schlaflose Nacht, stets in Gedanken daran, ob mein Mädchen gut heimgekommen und wie es ihr nach ihrer Beichte an Thomas ergangen wäre.

In einem entsprechenden Zustand durften mich meine geschätzten Mitrehabilitanden am nächsten Tag erwarten. Ich war ein Kotzbrocken durch und durch. Wer es wagte, mich anzusprechen, wurde wortlos und allein durch signalgeschwängerte Mimik meinerseits bedient. Ich spürte, dass Frau Mross mich stets im Visier hatte. Ihr Musterschüler, der die Quote der Vermittlung in den *ersten Arbeitsmarkt* hätte aufhübschen können, war gescheitert. Ich selbst musste mir eingestehen, dass ich in meinem derzeitigen Zustand jegliche über zwölf Monate erarbeiteten Fortschritte gnadenlos verspielt hatte. Wie immer an die *Liebe*, deren Geheimnisse sich mir nicht erschließen wollten. Ich war Frau Mross sehr dankbar, dass sie mich in meiner akuten Situation einfach in Ruhe ließ und darauf verzichtete, mich in ein pädagogisches Einzelgespräch zu verwickeln. Vielleicht wusste sie einfach, dass es derzeit besser wäre, mich nicht anzusprechen. Ich hatte das Glück, ein Mann zu sein, wenn auch einer ohne Eier, aber eines war sicher: Wäre ich eine weibliche Kandidatin gewesen, dann hätte Frau Mross mich längst zum Rapport geladen. Und *das*, wäre mitnichten lustig gewesen. Ich verbrachte also meine Zeit damit, regungslos an meinem Platz zu sitzen, den Blick stets auf mein Handy gerichtet, um Bettys erlösende Nachricht in Empfang zu nehmen. In der Zeit bis dahin, stellte ich mir vor, wie es wäre, entsicherte Handgranaten in die verschiedensten Ecken unseres Schulungsraumes zu werfen.

»Es ist so dermaßen eskaliert gestern Abend. Ich weiß einfach nicht mehr, wie ich das noch aushalten soll! Kannst du telefonieren?«

Halleluja. Gegen elf Uhr kam das *erlösende* Signal von Betty. Zugegeben, das las sich alles andere als gut, was meine Augen da erblickten, aber verdammt nochmal, sie lebte noch und übergab mir einen Status, an den ich anknüpfen konnte.

»Ja natürlich können wir telefonieren! Ich bin in einer Minute draußen und ungestört. Ich klingel gleich durch«, ließ ich Betty wissen, schmiss mich in meinen Mantel und verließ fluchtartig das Gebäude. Etwa zwanzig Meter weiter, führte ein kleiner begrünter Pfad - mit reichlichem Angebot an Sitzbänken- Richtung Friedhof links ab. Hier konnte ich während unseres Telefonats ungestört hektisch hin- und herlaufen.

»Was ist passiert Süße«, fragte ich Betty, während ich versuchte, mit einer Hand nervös eine Zigarette zu drehen, wodurch ein sehr bizarres, aber schlussendlich doch rauchbares Kunstobjekt entstand.

»Ich habe Thomas alles gestanden. Er ist völlig ausgerastet. Er wollte plötzlich mein Handy haben...«

»...vermutlich, um Einblick in unsere Korrespondenz zu bekommen«, fiel ich ihr ins Wort.

»Möglich. Aber er hat es nicht bekommen. Stattdessen habe ich mir sein Handy genommen und es in tausend Teile zertrümmert!«

»Warum das denn? Wo ist die Logik?«

»Keine Ahnung. Das war einfach so. Ich habe völlig überreagiert. Dann ist er handgreiflich geworden und hat mich angegriffen. Aber ich habe mich gewehrt. Ich habe ihm die Lippe aufgeschlagen und wir haben uns geprügelt. Hier auf dem Boden ist

216

noch überall alles voll Blut und ich muss das wegwischen, bevor heute der Makler kommt. Wie sieht das denn aus?«

»Wo ist Thomas jetzt?«, wollte ich wissen.

»Ich hab keine Ahnung. Er ist ja abgehauen. Er hatte zwar gekifft und noch eine halbe Flasche Sambuca getrunken, ist dann aber weggefahren.«

»Hat deine Tochter mitbekommen, was da passiert ist? Ich kann mich selbst daran erinnern, wie meine Eltern aufeinander eingeschlagen haben. Das hinterlässt lebenslange Eindrücke!«

»Ach die war in ihrem Zimmer und ist heute Morgen ganz brav zur Schule gegangen. Aber bestimmt hat sie etwas mitbekommen.«

»Ich würde so gerne etwas für dich tun. Sag mir bitte, was ich machen soll, Betty.«

»Zuhören! Im Moment einfach nur zuhören. Ich mache derzeit einfach alles falsch. Meine ganze Familie richtet sich gegen mich. Meine Kinder kritisieren mich in allem, was ich mache. Ich finde das übergriffig. Ich habe auch noch ein eigenes Leben und muss mich ihnen gegenüber nicht rechtfertigen. Alles wissen um meine Diagnose und auch Thomas hat immer gesagt, dass er damit zurechtkäme. Aber wenn ich dann einmal Aussetzer habe, dann kommt niemand mehr plötzlich damit zurecht. – Kannst du mich heilen?«

»Heilen kann ich dich nicht. Ich kann lediglich Verständnis aufbringen und mir bewusst machen, dass – wenn du neben der Spur stehst- dieses Verhalten sich nicht gegen mich persönlich richtet. Meine Aufgabe ist es dann, sich abzugrenzen. Sicherlich nicht einfach, aber das kann ich bieten. Da bin ich mir sehr sicher. Bist schließlich nicht die erste Borderlinerin, mit der ich eine Beziehung eingehe. Wenn vielleicht aber doch die Heftigste ihrer Art.«

»Kannst du mich denn vielleicht erschießen?«

»Erstens habe ich keine Waffe und zweitens, hätte ich eine, dann könnte ich mir ja direkt ins eigene Herz schießen. Das ist keine Option!«

»Aber du bist doch Informatiker und sonst so schlau. Ich war noch nie im *Darknet*. Da müsstest du doch reinkommen und dann könntest du eine Waffe besorgen.«

»Klar, war ich schon im Darknet. Hab mich aber eher nach Opiaten umgesehen. Aber da musst du ohnehin in Bitcoin bezahlen und das ist etwas, worauf ich schon keinen Bock habe. Und sowas wie einen PayPal-Käuferschutz gibt es da natürlich auch nicht. Ich würde da schon nichts bestellen, weil im ordinären Internet wird man ja schon genug beschis-

sen. Ich weiß aber, dass du einen russischen Kopfgeldjäger für umgerechnet etwa 1500 Euro
bekommen kannst.«

»Dann lass uns für mich einen Kopfgeldjäger
organisieren. Ich gebe dir das Geld und du machst
das mit den Bitcoins und regelst das...«

»Vergiss es ganz schnell! Ganz schnell! Keine
weiteren Leichen. Nicht im Keller, noch sonst
irgendwo! Wir bringen jetzt hinter uns, was zu
regeln ist. Du mit deinem Umzug und deiner Trennung, ich in meiner Situation zuhause. In drei bis
vier Wochen sieht die Welt dann schon wieder ganz
anders aus. Wir haben jetzt so viel Zeit damit verbracht, uns in chaotischen Verhältnissen zu treffen.
Die paar Wochen bekommen wir auch noch hin! Das
ist jetzt nicht mehr lang! Und übrigens, jetzt, da die
Fenja mit ihrem Thorsten zusammen ist und dort bei
ihm zuhause Zeit verbringt, werde ich sie heute
Abend einmal ansprechen und für dich und mich
Zeit herausschlagen. Dann kannst du am Samstag
nach deiner Arbeit auf dem Markt zu mir kommen
und wir könnten einfach mal, wie ganz normale
Menschen, Zeit in meiner Wohnung verbringen. Wir
könnten in einem Wohnzimmer sitzen, Wein trinken, miteinander reden, uns in den Arm nehmen
und tatsächlich sogar in ein weiteres Zimmer aus-

weichen, falls die Logistik es verlangt. Die Couch im Wohnzimmer gehört Fenja. Da gehören keine Flecken drauf und das finde ich auch in Ordnung so. Wäre halt die einzige Regel. Spitze Gegenstände und Messer bringe ich vorher unter Verschluss, damit mir keine krumme Gedanken aufkommen. Was hältst du davon?«

»Das wäre schön. Aber was Fenja betrifft, habe ich immer noch das Gefühl, dass sie sich jetzt hintenrum versucht, in meinen Freundeskreis einzuschleusen. Warum auch immer.«

»Diese Stadt ist ein Dorf. Das sind reine Zufälle. Ich glaube nicht, dass sie da etwas im Schilde führt. Zumal sie Thorsten wohl auch aus Schulzeiten noch kennt und der Kontakt einfach neu aufgelebt ist. Ich kann mir nicht vorstellen, dass da mehr im Spiel ist. So wirklich gefallen will mir das auch nicht, dass da jetzt nach hinten ein Kommunikationskanal zu Thomas entstanden ist. Ich möchte aber auch aus der Richtung keinerlei Informationen über dich bekommen und versuche das abzublocken. Aber ich kann mir auch nicht ständig die Hände auf beide Ohren halten. Und was ich erfahren sollte, das erzähle ich dir auch.«

Unser Gespräch sollte eine gute Stunde dauern. Es war Betty, die irgendwann sagte, dass ich einmal so langsam zurück in meinen *Unterricht* gehen sollte. Und wie immer, wenn die Königin mir befahl, fügte ich mich. Brauchbare Mensch tun dies, wenn ich mir eine Anlehnung an Siegfried Lenz erlauben darf.

Als ich am Abend heimkehrte, erwartete mich eine frisch-fromm-fröhlich gevögelte Fenja, die soeben erst von ihrem *Schneidbrenner* in heimische Gefilde zurückgekehrt war und sich im Begriff befand, mit frischen Socken und all dem Zubehör, welches man als Frau so auf der glücklichen Reise des Lebens benötigt, wieder Auskehr zu nehmen.

»Wie klein die Welt ist, oder«, versuchte ich ein Gespräch zu beginnen.

»Tja, Thorsten hat *sie* nicht gewollt und abgelehnt, als deine Betty ihm schöne Augen gemacht hat.«

»Ach so. Okay. Sag mal, wenn du nun ohnehin schon bei deinem Thorsten bist und dich hier nicht aufhältst, ich würde Betty gerne am Samstag hier einladen, damit wir auch einmal ein paar Stündchen miteinander verbringen können, ohne auf der Flucht zu sein. Wir werden auch keinesfalls auf deiner Couch sitzen, beziehungsweise *sitzen* natürlich gerne, aber falls wir *intim* werden wollten, dann würden wir selbstverständlich auf *meine Matratze* im Schlafzimmer ausweichen. Aber es ist ja auch gar nicht gesagt, dass es überhaupt soweit kommt. Ich wünsche mir einfach von dir den Freiraum, dass ich mich in deiner Abwesenheit, wo du dich ja auch anderweitig vergnügst, wenigstens das Recht eingeräumt bekomme, dass ich mich hier- in dieser Wohnung, für die ich Miete bezahle- auch mit *den* Menschen treffen darf, die mir etwas bedeuten. Ich weiß, das ist nicht einfach. Aber weißt du, du fliegst als Frau aus in die Welt und kein Mann wird dich nicht in seine Wohnung lassen, weil du noch eine Leiche im Keller hast, sprich deinen Ex in der Wohnung, in der du noch deinen Kram stehen hast. Mir hingegen, wird jede Frau den Laufpass geben, die feststellt, dass noch *Altlasten* in meiner Wohnung sind und noch der Duft deines Eau de Toilettes in der Luft liegt. Ein bisschen Entgegenkommen und Toleranz von deiner Seite würde ich da jetzt schon erwarten. Hey, wir sind doch beide längst emotional bei anderen Menschen. Gleiches Recht für alle. Komm!«

»Okay. Zwar nicht mit Vergnügen, aber Okay. Ich will keine Spuren auf der Couch sehen. Auch keine Rotweinflecken, oder so was. Nichts.«

»Wenn sie eines Tages auszieht und nicht weiß, wie sie ihre Couch hier durch dieses Treppenhaus hinausbekommt, dann schieb sie ihr doch einfach in den Arsch und schubs sie die Treppe runter«, kicherte Vladimir hämisch. Wenn ich etwas an ihm wirklich mochte, dann war es sein

Humor. Und ich wusste stets, dass er derartige Dinge nur zu meiner persönlichen Erheiterung sagte.

»Gut! Dann ist das jetzt besprochene Sache. Cool! Ich geh dann mal zu Aldi und hol mir ein paar Bierchen«, ließ ich Fenja wissen und machte mich auf den Weg, insbesondere auch deshalb, weil ich Betty ungestört eine Sprachnachricht zukommen lassen wollte.

»Hi Süße, ich hab alles geklärt. Wir können uns am Samstag bei mir treffen und etwas Zeit miteinander verbringen. Das ist die gute Nachricht. Die Schlechte ist, dass Thorsten wohl doch nicht so ganz gut von dir redet. Er hat Fenja gesagt, dass er dich abgelehnt hat. Als hättest du es auf ihn abgesehen gehabt. Aber ich sag dir auch ganz ehrlich, dass es mir völlig gleichgültig ist, was über dich geredet wird. Ich möchte mein eigenes Bild von dir haben und mich davon nicht beeindrucken lassen. Ab sofort werde ich meine Ohren auch auf ›Durchzug‹ stellen und mir einfach nicht mehr anhören, was mir berichtet wird. Mir geht das jetzt zu weit.«

Bettys Antwort, die etwa eine Stunde später kam, hatte es in sich. Fenja hatte unsere Wohnung bereits verlassen und war wieder bei ihrem *Löwen*, wie sie Thorsten liebevoll nannte. Ich saß in meinem ›Aquarium‹ und versuchte einen Musiktitel namens »CO-

EX-System« zu mastern und ihm den finalen Schliff zu verleihen, als mein Telefon klingelte. Ja, es war Betty, die mich anrief. Ich begrüßte sie herzlich wie immer und war mir sehr sicher, dass sie freudig mit mir besprechen wollte, wie wir am kommenden Samstag zueinanderfinden würden. Aber ihre Ansage klang *geringfügig* anders.

»Gib mir sofort die Telefonnummer von der Fotze! Das ist das Allerletzte. Ich werde die Schlampe anrufen und sie zur Rechenschaft ziehen. Es reicht jetzt. Sie wühlt meinen gesamten Freundeskreis auf und macht mich schlecht. Ich lasse es auch nicht zu, dass Thomas darunter zu leiden hat. An dieser Stelle ist Schluss. Gib mir die Nummer von der Drecksfotze! Ich werde auch Thorsten gleich kontaktieren, was er sich einbildet, über mich zu sagen!«

»Bleib bitte mal ruhig. Da stehen wir doch drüber. Ich habe von Fenja keine Rufnummer gespeichert. Und hätte ich die, dann würde ich sie dir auch nicht geben. Genau so wenig würde ich Fenja deine Rufnummer geben, wenn sie mich danach fragen würde. Ich weiß, dass sie irgendeine Prepaid-Karte und ein altes Handy hat, aber ob sie das aktuell in Benutzung hat, darüber weiß ich nichts. Wir haben auch nie wirklich miteinander telefoniert in all der Zeit. Was ist denn mit dir los?«

»Du steckst mit der Fotze doch unter einer Decke. Aber damit ist jetzt Feierabend. Ich spiele da nicht mehr mit.«

Betty beendete das Gespräch, indem sie in altbekannter Manier einfach auflegte. Ich sendete ihr eine Sprachnachricht hinterher.

»Ich will wissen, was hier los ist! Das kann doch nicht wahr sein, was hier jetzt abgeht!«

Ihre Antwort kam umgehend.

»Ich kann dir sagen, was los ist. Der Thomas war gerade hier und hat sich wie ein *Teufel* aufgeführt und sagte, dass eh alles rauskommen würde und wir beide uns regelmäßig zum Vögeln treffen. Und wo soll er das herhaben? Von *deiner* Fenja natürlich. Und jetzt sage ich dir einmal etwas: Wenn ich diese Schlampe sehe- und ich werde sie finden, darauf verlasse dich mal- dann **ist sie tot**!«

Betty hinterließ mir eine Morddrohung an Fenja per Sprachnachricht. Konnte sie wirklich so dumm sein? Welche Persönlichkeit sprach da gerade aus ihr? Das war nicht meine Betty. Ich wagte noch einen Versuch, ihr eine Antwort zukommen zu lassen und war bemüht um Deeskalation. Es war vergebens. Bettys finale Nachricht lautete:

»Ich wünsche keinen Kontakt mehr zu dir! Akzeptiere es!«

Es vergingen Minuten, wenn nicht Stunden, die ich damit verbrachte, schweigend aus meinem »Aquarium« ins leere Wohnzimmer zu blicken. Es begann sich in die Länge zu ziehen und offenbarte sich mir als ein endloser Tunnel. Mein Tinnitus suchte mich heim. Diesmal beidseitig und begleitet vom Rauschen des Pulsschlags, der sich durch meinen Kopf bohrte. Erstaunlich verlangsamt und unaufgeregt. Es gab keine Gedanken. Mein *Ich* löste sich vollumfänglich auf. Alles, was ich an Geist besaß, verließ meinen Körper. Ich konnte nicht weinen, nicht fluchen, nicht klagen. Es gab mich nicht mehr.

»Psst!- Es ist so leise!«

»Vladimir, du trägst meinen Hochzeitsanzug? Warum?«

»Ich dachte mir, das wäre der rechte Augenblick. Steht er mir nicht?«

»Er soll dir gehören, wenn du mir sagst, was gerade geschehen ist!«

»Ich bringe dich ins Bett, komm, wir gehen. Ich erkläre dir dann alles. Aber du musst jetzt schlafen. Alles Andere ergibt jetzt keinen Sinn!«

»Ist das so?«

»So und nicht anders. Hast du dich schon einmal gefragt, wie ein Mensch, der sich selbst nicht liebt,

imstande sein sollte, einen anderen Menschen aufrichtig zu lieben?«

»Meinst du mich?«

»Och, vielleicht auch das. Aber zunächst einmal dachte ich an deine heiße Betty. Es war nicht Dein Verdienst. Sie wäre mit jedem gegangen, der ihr auf dem Markt den Hof gemacht hätte. Es gibt für dich keinen Grund, stolz darauf zu sein, was geschehen ist. Du bist vollends reingefallen. Du warst von Anfang an eine kalkulierte Ablenkung, eine terminierte Affaire. Glaubst du denn wirklich, dass alles sonst so ›glatt‹ gelaufen wäre? Dass du dir mal eben deine Traumfrau vom Gemüsestand holst, mit ihr ins Hotel durchbrennst und im Anschluss die Hochzeitsglocken läuten? Hast du dich jemals gefragt, warum hier ›überall Stroh rumliegt‹?«

»Vladimir, ich verbrenne. Was haben meine Gefühle für eine Bedeutung? Ist das so wertlos?«

»Welchen Wert haben Katjas Gefühle für dich?«

»Scheiße! Ist das etwa...«

»Genau das ist es! Deine kosmologische Konstante!«

»Welche ›Klatsche‹ erwartet mich für das, was ich Fenja angetan habe?«

»Das ist eine Division durch null. Die ist nicht definiert. Ihr werdet jetzt erst lernen, euch gegenseitig zu schätzen. Auf eine andere Art, die ihr Beide vorher nicht zugelassen habt. Alles was passiert ist, hat Gutes und Schlechtes.

227

Das Gute ist, dass gewisse Dinge, die dich zuvor gehindert haben, der zu sein, der du bist, nun nicht mehr existent sind.«

»Und was ist das Schlechte?«

»Genau dasselbe! Lass die Leichen im Keller schlafen. Sie sind müde und haben Ruhe verdient. Und du brauchst jetzt auch Ruhe. Es gibt nichts, das du derzeit tun kannst, außer Ruhe einkehren zu lassen. In wenigen Wochen wirst du vollumfänglich dafür verantwortlich sein, ob und wie es mit dir weitergeht. So leid es mir tut, es ist an der Zeit, die Kindheit ruhen zu lassen. Auf der Lebensuhr ist es auch schon später Nachmittag.«

Ich fand tatsächlich Schlaf in der nun folgenden Nacht. Aber ich träumte, so wie ich es von mir kannte:

Aus der Mitte meiner Schädeldecke bohrte sich ein Wurmfortsatz empor, an dem ich unentwegt herumfingerte. Ich wusste, dass *dieses Ding* dort nicht hingehörte, und begann daran zu ziehen und es aus meinem Kopf zu entfernen. Das Objekt ungewisser Herkunft entpuppte sich als eine Art Schlange, die etwa anderthalb Meter Länge besaß, sich zum Ende hin im Umfang verdickte, um schlussendlich mit einem verhornten Endsegment, welches durch und durch mit Widerhaken besetzt war, zu einem

Abschluss zu kommen. Sowie ich dieses *Tier* in meiner Hand hielt, brach ich es auf, um mir seine *Innereien* anzusehen. Darin fand ich ein schwärzliches neurales Geflecht, welches von rötlichem Funkenflug durchsetzt war. Nur die Vorstandsvorsitzende des Teufels wäre befähigt gewesen, diese vom Aussterben bedrohte Spezies zu katalogisieren und einzuordnen. Doch während sie in der Hölle unentwegt kalte und kalkweiße harte Schwänze zu lutschen hatte, fand sie keine Zeit, sich dieser Aufgabe zusätzlich zu widmen.

Über Grenzen

Mit ihrer Morddrohung gegen Fenja war Betty meiner Meinung nach einen Schritt zu weit gegangen. Obwohl es mich tatsächlich gewundert hätte, wenn sie damit erstmals eine Aussage getätigt hätte, der auch entsprechende Handlungen erfolgt wären. Ich entschied mich nach zwei Tagen, in denen ich dieses Geheimnis mit mir herumtrug, dazu, Fenja auf die Gefahr hinzuweisen. Dies tat ich mit dem Ziel, dass Fenja in ihrer Lebensplanung einen möglichst großen Bogen um Betty ziehen konnte, sie meiden konnte, wo immer es ginge, dem Markt zunächst fernbleiben würde, einfach um ihrer selbst Willen.

Fenja erstatte polizeilich Anzeige gegen Betty und ließ mich dort unfreiwillig als Zeugen dokumentieren. Mir war bewusst, dass es alleine hierdurch keinen Weg zurück zu Betty gab. Sie würde mir immer die Schuld hierfür geben. Aber Hand aufs Herz: Wäre ich meines Lebens je wieder glücklich geworden, wenn Fenja etwas zugestoßen wäre?

Frau Mross bat mich zu einem persönlichen Gespräch. Dies war zu erwarten. Unter vier Augen offenbarte sie mir:

»Herr Thebach, ich habe lange über sie nachgedacht. Sie befinden sich in einem solch desolaten Zustand. Ich erkenne sie überhaupt nicht wieder. Sie sind völlig durch. Ich mache mir ernsthafte Sorgen um sie!«

»Ist das so?«

»Ja, Herr Thebach. Ich mache ihnen folgendes Angebot: Bis sie ihr Praktikum bei ihrem zukünftigen Arbeitgeber antreten, möchte ich, dass sie sich tagsüber zurückziehen, sich in einem Raum niederlassen, wo sie alleine sind, und einer Tätigkeit nachgehen, die ihnen Freude bereitet und bei der sie sich etwas erholen können. Ich bin natürlich im Hintergrund immer für sie da, wenn sie mich brauchen. Sie sind hiermit vom Schulungsprogramm der Rehabilitation befreit. Sie wissen ohnehin alles.«

»Das ist außerordentlich entgegenkommend von ihnen, Frau Mross. Ich nehme ihr Angebot sehr gerne an. Ich glaube, dass sie eine gute Entscheidung getroffen haben.«

»Ja, aber wissen sie denn schon, wie sie diese Zeit für sich nutzen wollen?«

»Kennen sie ›Siggi Jepsen‹?«

»Wer soll das sein?«

»Siegfried Lenz, Deutschstunde. Protagonist. Er schreibt eine ›Strafarbeit‹, um die sich der gesamte Handlungsstrang dreht. Weltliteratur!«

»Ja, da war was. Lange her. Aber, was hat das mit ihnen zu tun?«

»Frau Mross, ich möchte meine ›freigewordene Zeit‹ dafür nutzen, einer persönlichen Angelegenheit den *Zauber zu nehmen.* Wenn sie gestatten, dann würde ich mich gerne tagsüber hier hinsetzen und ein paar Zeilen zu Papier bringen.«